"Légalement, tu es encore ma femme."

"Et n'oublie pas que je suis encore en droit de te contraindre à ton devoir conjugal…"

Jarvis s'approcha d'une démarche nonchalante et plongea son regard dans ses yeux noyés d'appréhension.

"Voyons, Linsey," observa-t-il d'un ton railleur. "Tu n'as aucune raison d'avoir peur. A te voir, on croirait une martyre offerte en sacrifice. Je connais des supplices plus désagréables que celui qui t'attend…"

Linsey ne répondit pas. Elle restait comme hypnotisée par la vue de son torse nu, aux muscles saillants et à la peau tannée par le soleil. La seule présence de cet homme suffisait à la troubler. Qu'adviendrait-il de sa réserve quand leurs deux corps se retrouveraient nus au contact l'un de l'autre?

DANS HARLEQUIN ROMANTIQUE

Margaret Pargeter
est l'auteur de

 23—ENIGME A GLENRODEN
 87—CRINIERE AU VENT
125—COMME UNE ENFANT PERDUE

DANS COLLECTION HARLEQUIN

Margaret Pargeter
est l'auteur de

174—RETOUR DE FLAMME A BACCAROO

Adieu peut-être

Margaret Pargeter

Harlequin Romantique

PARIS · MONTREAL · NEW YORK · TORONTO

Publié en février 1984

© 1983 Harlequin S.A. Traduit de *Not Far Enough,*
© 1982 Margaret Pargeter. Tous droits réservés. Sauf pour des citations dans une critique, il est interdit de reproduire ou d'utiliser cet ouvrage sous quelque forme que ce soit, par des moyens mécaniques, électroniques ou autres, connus présentement ou qui seraient inventés à l'avenir, y compris la xérographie, la photocopie et l'enregistrement, de même que les systèmes d'informatique, sans la permission écrite de l'éditeur, Editions Harlequin, 225 Duncan Mill Road, Don Mills, Ontario, Canada M3B 3K9.

Le présent récit étant une œuvre de pure fiction, toute ressemblance avec des personnes vivantes ou décédées serait due au seul hasard.

La marque déposée des Editions Harlequin, consistant des mots Harlequin et Harlequin Romantique, et de l'image d'un arlequin, est protégée par les lois du Canada et des Etats-Unis, ainsi que dans d'autres pays.

ISBN 0-373-41237-1

Dépôt légal 1er trimestre 1984
Bibliothèque nationale du Québec et Bibliothèque nationale du Canada.

Imprimé au Québec, Canada—Printed in Canada

1

L'homme se tenait immobile contre la rambarde du grand trois-mâts ancré à l'entrée de la baie. Depuis la veille, il n'avait pas quitté son poste d'observation. Le corps tendu, la mine sombre, il gardait les yeux fixés sur le rivage lointain. Son attitude ne manquait pas d'intriguer l'équipage : depuis qu'ensemble ils sillonnaient les mers, les marins connaissaient le maître du voilier comme un homme avide de mouvement et d'action, incapable, hors de son travail, de rester une minute en place. Quelle étrange métamorphose venait donc de s'opérer en lui ?

Jarvis Parradine porta une main à son front pour se protéger des rayons du soleil levant. L'île scintillait comme un bijou sur les eaux bleutées de l'océan Indien. La jeune femme se trouvait sur la plage, ce matin encore. Il apercevait la tache claire de son visage et le long sillon de ses cheveux flottant au vent. Les souvenirs affluèrent à sa mémoire : entre toutes les femmes qui avaient traversé son existence, une seule possédait ce port de déesse et cette grâce ineffable qui transparaissait dans ses poses les plus anodines.

Il prit une profonde inspiration et s'empara de ses jumelles d'un geste hésitant. Tel un enfant craignant de ne pas découvrir à l'intérieur du paquet le jouet de ses rêves, il restait figé dans un mélange d'impatience et d'appréhension. Depuis de longs mois, il avait abandonné toute tentative de recherche. Aujourd'hui, la chance daignait enfin lui sourire.

Un rictus amer étira le coin de ses lèvres. Devait-il vraiment se réjouir de cette intervention du hasard ? S'il s'agissait bien de Linsey, il lui faudrait tout mettre en œuvre pour assouvir sa soif de vengeance, quelles qu'en fussent les conséquences...

Lentement, il approcha l'instrument de ses yeux et régla la distance. Soudain, elle apparut dans l'objectif, si distincte qu'il aurait pu la croire à quelques mètres à peine. Son sang se glaça dans ses veines, mais il ne laissa rien apparaître de son trouble. Sa voix, claire et posée, lança un ordre bref. Quelques secondes après, un canot descendait le long de la coque du voilier.

A cette heure matinale, l'eau était d'un bleu translucide, et la lente ondulation du courant plissait à peine la surface paisible de la mer. De fines vaguelettes venaient lécher les bordures du rivage. Linsey, les sourcils froncés, la mine soucieuse, les regardait sans les voir. La beauté féerique de l'île Maurice ne pouvait suffire à dissiper sa mélancolie. Pourquoi fallait-il qu'après quatre années de tranquillité, sa vie se trouve à nouveau bouleversée ? Le destin l'accablait injustement. Les yeux embués de larmes, elle songea aux innombrables difficultés qui l'attendaient.

Quitter Jarvis et venir s'installer ici n'avait pas été chose facile. Sans le soutien d'Harriet, jamais elle ne serait parvenue à surmonter sa détresse. Elle se souvenait encore avec effroi du terrible combat qu'elle avait dû mener contre elle-même pour ne pas sombrer dans l'abattement le plus total. Ces longues semaines resteraient comme la période la plus sombre de son existence.

Au fil des jours cependant, les lourds nuages du désespoir s'étaient éloignés d'elle. Alors, elle avait songé à informer son mari de l'endroit où elle se trouvait. Mais Harriet l'en avait dissuadée : Jarvis s'était montré suffisamment injuste et cruel pour qu'elle eût tout à craindre de sa réaction. Pouvait-elle courir le risque de se voir séparée de l'enfant qu'elle portait en elle et qui n'allait pas tarder à venir au monde ?

A cette pensée, Linsey avait renoncé à toute tentative de réconciliation et s'était résolue tant bien que mal à l'idée de ne plus jamais revoir son mari. D'ailleurs, à quoi bon ? Par son égoïsme et son incompréhension, Jarvis avait été l'unique responsable de leur rupture. Dans l'ardeur de ses dix-huit ans, Linsey avait voué à cet homme plus mûr et plus âgé qu'elle, un amour éperdu. En échange, il avait brisé sa jeunesse et son innocence. Dès les premiers jours, il avait cruellement reproché à sa jeune épouse son manque d'expérience. Convaincue qu'avec le temps, elle saurait lui apporter le bonheur qu'il attendait d'elle, elle avait mis ses perpétuelles vexations et ses accès de mauvaise humeur sur le compte d'une déception passagère. Mais, deux mois à peine après leur brève lune de miel, elle le surprenait en galant tête à tête avec une actrice de renom. Après les premières désillusions, cette terrible découverte était plus qu'elle n'en pouvait supporter. Ne voyant aucune autre issue à cette situation humiliante, elle avait fui loin de Jarvis et loin de l'échec de son premier mariage.

Aujourd'hui, trois ans s'étaient écoulés depuis la naissance de Sean. Le temps et les épreuves avaient endurci le cœur de la jeune femme. Cependant, elle ne pouvait envisager l'avenir sans appréhension.

Depuis dix jours, Harriet n'était plus de ce monde. La mort l'avait emportée après une longue maladie pourtant jugée bénigne par les médecins. Terriblement éprouvée par ce décès inattendu, Linsey s'était déchargée de toutes les tâches domestiques sur Musetta, la nurse de Sean.

Mais bientôt, l'argent viendrait à manquer pour honorer les précieux services de la jeune indigène.

Musetta vivait à la villa et pouvait ainsi s'occuper de Sean dès son réveil. Sans elle, Linsey n'aurait pu obéir à l'impulsion subite qui l'avait tirée de son sommeil pour l'entraîner vers cette plage déserte, baignée par la fraîcheur du petit matin.

Elle marchait, pensive et solitaire, quand il lui sembla entendre prononcer son nom. Se croyant le jouet de son imagination, elle n'y prêta pas attention. Mais l'appel se répéta, plus pressant, plus rapproché. Quelque chose dans cette voix grave la fit tressaillir.

Soudain, sur le sable humide, une ombre se mêla à la sienne et flotta, indécise, avant de s'étendre démesurément, telle un fantôme surgi du plus lointain passé. Lorsqu'elle fit volte face, tous ses muscles se rétractèrent, comme si la foudre venait de tomber à ses pieds.

— Jarvis ! s'écria-t-elle, étouffant une exclamation de terreur. Non, c'est impossible !

La bouche de l'homme dessinait un mince sourire. Il avança d'un pas.

— Surprise ? fit-il d'un ton ironique.

Un long frisson parcourut le corps de Linsey. Elle restait immobile, les yeux écarquillés par la stupeur et l'effroi, incapable de détacher son regard du visage impénétrable qui se dressait au-dessus d'elle. Les yeux de Jarvis avaient un peu perdu de l'éclat métallique qu'elle leur connaissait jadis, et les nouvelles rides qui barraient son front accentuaient encore la dureté de ses traits.

— Il... il y a bien longtemps, bredouilla-t-elle enfin.

Son cœur battait à tout rompre sous la fine étoffe de sa robe.

— Oui, bien longtemps.

Son calme et sa nonchalance déroutaient la jeune femme. Que ne se débarrassait-il pas de ce masque de froideur pour laisser éclater son ressentiment ? Au moins, elle saurait quelle attitude adopter...

— Comment as-tu fait pour me retrouver ?

— Le hasard... Tu ne t'imagines tout de même pas que je me préoccupe encore de ton sort ? Je naviguais dans les parages, et j'ai aperçu ta silhouette sur la plage. Le monde est bien petit, n'est-ce pas ?

Linsey s'efforçait désespérément de conserver sa lucidité, mais elle sentait ses forces l'abandonner peu à peu. Une fois de plus, le destin s'acharnait sur elle. Pourquoi avait-il fallu qu'elle quitte la villa ce matin-là précisément ? Comme un éclair fulgurant, l'image de Sean traversa son esprit. Elle devait à tout prix cacher à Jarvis l'existence de l'enfant.

— As-tu jamais tenté de me retrouver ? demanda-t-elle d'une voix mal assurée.

— Oui, de temps à autre.

Il affichait une indifférence désarmante. On avait peine à croire qu'il ait pu un jour éprouver un quelconque sentiment pour la femme qui lui faisait face.

— Et maintenant que tu as découvert ma retraite, je suppose que tu vas demander le divorce.

Ses yeux se durcirent.

— J'aurais pu le faire depuis bien longtemps. Abandon de domicile conjugal : j'aurais obtenu gain de cause sans difficulté.

— Alors pourquoi avoir attendu ?

— Disons que l'occasion ne s'est pas présentée. L'échec de notre mariage m'a servi de leçon, et je réfléchirai à deux fois avant de me remarier. Quoi qu'il en soit, toutes les femmes n'exigent pas une bague de fiançailles pour accorder leurs faveurs à un homme.

Linsey baissa la tête et contempla d'un air absent le sable blond qui s'enfonçait sous ses pieds nus.

— Ces femmes-là t'apportent sans doute tout le plaisir

que tu recherches... Moi, je n'avais pas suffisamment d'expérience...

— Tu veux dire que tu n'en avais aucune, corrigea-t-il sans pitié. Et tu n'as pas jugé utile d'en acquérir. Notre vie commune a duré si peu de temps...

— Tout cela appartient au passé, murmura-t-elle avec lassitude. Et il est trop tard pour recommencer...

— Qui a parlé de recommencer ?

Sa voix chargée de mépris serra le cœur de la jeune femme. Elle détestait cet homme plus que tout au monde. Pourquoi fallait-il que ses paroles l'affectent de la sorte ?

— Ce n'est pas ce que je voulais dire... je... je voulais simplement que tu saches que je suis prête à accepter le divorce.

— Rien ne presse, répliqua-t-il de façon inattendue. Que sont quelques semaines après tant d'années... plus de trois ans, n'est-ce pas Linsey ?

Elle hocha brièvement la tête.

— Tu veux sans doute terminer tranquillement tes vacances avant d'entamer la procédure ? As-tu l'intention de reprendre la mer aujourd'hui ?

Elle avait parlé sur un ton désinvolte, mais elle guettait sa réponse avec anxiété.

— Non, j'ai subitement envie de prolonger cette escale. Tu habites non loin d'ici, je suppose ?

— Oui.

Sa voix n'était plus qu'un murmure.

— Alors, nous aurons l'occasion de nous revoir. Autant mettre les choses au point avant de nous quitter.

« Quoi qu'il arrive, songea la jeune femme, Jarvis ne doit pas venir à la villa... »

— Tu ne crains pas de t'ennuyer dans l'île ?

— Non, pourquoi ? D'ailleurs, l'équipage a besoin de repos. Je ne l'ai guère ménagé ces dernières semaines.

Linsey aurait tout donné pour se soustraire au regard

scrutateur de son interlocuteur. Elle ignorait combien elle était belle dans la clarté naissante de cette journée ensoleillée. Sa peau au grain délicat, avait la fraîcheur d'un pétale de rose, et sous sa robe légère, on devinait la perfection de sa silhouette souple et gracile.

— Tu n'as pas beaucoup changé depuis tout ce temps, Linsey.

— Ne te fie pas aux apparences. Je ne suis plus la même.

— Serais-tu enfin devenue adulte ? Il n'y a que les enfants pour fuir devant les problèmes de la vie. Tu ne comptes pas disparaître à nouveau, n'est-ce pas ?

Il examinait avec attention ses grands yeux bleus presque transparents, comme pour y déchiffrer ses pensées les plus secrètes.

— Pourquoi le ferais-je ?

— Etrange question de ta part. Ne suis-je pas en droit de me méfier ? Pour être franc, je n'ai jamais compris la raison de ta fuite...

— Comment oses-tu prétendre une chose pareille ?

Elle n'avait pu contenir son indignation. Telle les images décomposées d'un film, la scène de sa trahison se déroulait intacte dans sa mémoire. Rien ne pourrait lui faire oublier la vision de la femme qu'il tenait entre ses bras, ni la blessure encore vivace qui avait alors déchiré son cœur.

— Je comprends que tu aies éprouvé certaines difficultés à t'adapter à ton rôle d'épouse, reprit-il, les sourcils froncés. Mais les véritables motifs de ton départ m'échappent encore aujourd'hui.

— Tu n'as pas dû y réfléchir bien longtemps !

Les premiers signes de colères apparurent sur les traits de Jarvis.

— La psychologie des jeunes filles de dix huit ans n'est pas toujours facile à saisir. Après coup, j'ai compris que tout s'était passé trop vite. Notre lune de miel, la mort de tes parents, la perte du bébé... La vie ne t'avait pas préparée à affronter tous ces événements. Mais en fuyant, tu as choisi la pire des solutions.

A l'évocation de ces pénibles souvenirs, la jeune femme laissa échapper un gémissement de douleur.

— Je suis désolé, fit-il sans pour autant se départir de sa froideur. Tu penses encore à notre bébé, n'est-ce pas ? J'imagine combien ce drame a dû t'affecter. Mais ce genre d'épreuve arrive à bien des couples. Rien ne nous empêchait d'en avoir un autre, tu le savais parfaitement.

Linsey détourna la tête, en proie à un irrépressible sentiment de culpabilité. Comment aurait-il pu deviner qu'elle n'avait jamais perdu cet enfant ? Au début de sa maladie, les médecins ne leur avaient laissé aucun espoir. Il avait fallu un véritable miracle pour que sa grossesse reprît son évolution normale. Elle venait lui annoncer la nouvelle quand elle l'avait surpris avec Olivia James. Etait-ce cependant une raison suffisante pour lui cacher pendant plus de trois ans l'existence de son fils ?

— Je... je préfère ne pas en parler, balbutia-t-elle. A quoi bon remuer le passé ? Pour le divorce, je suis prête à signer tout ce que tu voudras.

— Vraiment ? Te voilà bien résolue tout à coup. J'avais gardé le souvenir d'une femme indécise, pleine de contradictions. Au début, tu ne voulais pas de ce bébé. Pourtant, sa perte t'a laissée inconsolable...

Il n'avait pas tout à fait tort. C'était lui, lui seul qui avait désiré cet enfant, qui avait décidé de son existence. Au cours de leur nuit de noces, elle lui avait timidement suggéré d'attendre avant de fonder une famille. Il l'avait à peine écoutée, et s'était empressé de lui faire comprendre que leur mariage n'avait de sens que s'ils donnaient vie à un héritier. Puis il l'avait soulevée entre ses bras pour la porter jusqu'à la chambre nuptiale.

Tel avait été le commencement de leur lune de miel, pâle reflet de ce qu'allait être leur vie commune. Linsey aurait tout donné pour n'avoir jamais rencontré cet homme.

— L'image que tu as conservée de moi n'importe guère, fit-elle d'un ton cassant. Je suppose que tu n'es pas venu ici pour évoquer le passé. Notre mariage a été une erreur. Tâchons maintenant de rendre notre séparation légale et définitive.

— Humm... tu as raison. Tu vas sans doute exiger une pension ?

En son for intérieur, elle songea qu'une telle source de revenu lui serait bien utile. Depuis la mort d'Harriet, elle se trouvait dans le dénuement le plus complet. Pourtant, il était hors de question pour elle d'accepter quoi que ce fût de Jarvis.

— Je puis très bien me débrouiller seule, affirma-t-elle avec raideur.

— Ah oui ? Et comment ?

— Oh, on trouve toujours un moyen de gagner de l'argent...

— Je serais curieux de connaître celui que tu as choisi, dit-il, l'air sournois. On ne doit guère trouver de travail ici. A moins qu'il ne s'agisse d'un autre homme ?

— Je... oui, c'est exact.

Elle eut quelque peine à réprimer le rire presque hystérique qui naissait au fond de sa gorge. Le seul homme qu'elle ait jamais fréquenté depuis son arrivée dans l'île, n'était autre que Sean, son fils âgé de trois ans.

— C'est donc cela !

Les muscles de son corps se raidirent, mais il parvint à préserver son masque d'indifférence.

— A vrai dire, je ne suis guère surpris. Une femme de ton tempérament ! Je comprends très bien que tu ne puisses te passer de...

— Tu te trompes, Jarvis ! Cette discussion est absurde !

Elle se tut, craignant de trahir son secret.

— Allons, Linsey, tu sais très bien à quoi je fais allusion. Au début, il est vrai, bien des choses t'ont choquée. Mais au fil des jours, tu t'es mise à apprécier cet aspect de notre mariage.

— As-tu jamais songé qu'une jeune épouse puisse se forcer à vaincre ses réserves pour satisfaire son mari! s'écria-t-elle au comble de l'humiliation.

— Tu ne vas pas prétendre t'être sacrifiée pour mon seul plaisir. La vérité, c'est que la présence d'un homme t'est devenue aussi nécessaire que l'air que tu respires.

Linsey ne pouvait lui donner tout à fait tort. Mais elle refusa d'en entendre davantage.

— Tu peux bien croire ce que tu veux! lança-t-elle avec véhémence. Je me moque éperdument de ce que tu penses de moi.

Jarvis observa un léger silence avant de reprendre, sur un ton plus anodin :

— Et pourquoi diable es-tu venue chercher refuge si loin de l'Angleterre?

— Une amie de ma mère vivait ici. Je ne connaissais personne d'autre au monde. Elle est morte il y a dix jours.

— Vraiment? fit-il sèchement. Je présume qu'elle était au courant de notre mariage...

Linsey hocha silencieusement la tête.

— Et elle ne t'a jamais conseillé de reprendre contact avec moi?

— Non, jamais. Elle m'en a même plutôt dissuadée.

— Grand Dieu, quelle sorte de femme était-ce? Ou bien...

Ses yeux ne formaient plus que deux fentes minuscules.

— Ou bien as-tu interprété les faits à ta façon, en me faisant apparaître comme l'unique responsable de ton départ... Allons, dis-moi, que lui as-tu raconté au juste?

Les doutes de Jarvis se rapprochaient si près de la

vérité, que la jeune femme sentit le rouge monter à ses joues.

— Pardonne-moi, Jarvis. Je dois rentrer maintenant.
— Toujours aussi courageuse ! Qu'as-tu à craindre de mes questions ? Aurais-tu peur d'affronter la vérité ?

Elle secoua la tête et se réfugia dans un mutisme boudeur. Au loin, les cris aigus d'un enfant retentirent. Et s'il s'agissait de Sean ? Remplie d'effroi, elle pivota sur ses talons et fit mine de s'éloigner.

— Je ne puis rester plus longtemps. Adieu...

Jarvis ne fit rien pour la retenir.

— Soit, va-t'en si tu le désires, soupira-t-il. De toute façon, nous aurons à nous revoir pour parler du divorce. Je serai à Port-Louis après-demain. Nous pourrions déjeuner ensemble...

— Entendu, fit-elle, désireuse de se débarrasser de lui au plus tôt.

— Où habites-tu exactement ?

Elle désigna du doigt l'extrémité opposée du village, en priant pour qu'il se satisfasse de cette réponse plutôt sommaire. Apparemment, il n'en demandait pas plus, car il se contenta de jeter un coup d'œil distrait dans la direction indiquée.

— Une dernière question : as-tu l'intention de te remarier une fois que nous aurons divorcés ?

— Non..

— Alors, tu ferais mieux d'accepter l'argent que je suis en mesure de t'offrir. Qui sait ce que l'avenir te réserve. Tu ne trouveras pas toujours un homme pour te prendre en charge...

Une vague de colère et d'humiliation submergea la jeune femme. Un instant, elle fut sur le point de laisser éclater sa fureur et de lui dévoiler toute la vérité. Mais la volonté de protéger son fils fut la plus forte. Ravalant sa fierté, elle articula avec effort :

— Merci, Jarvis. Je te suis très reconnaissante de cette proposition. Nous en reparlerons dans deux jours.

Déjà, il remontait dans son canot. Linsey le regarda s'éloigner sans pouvoir esquisser un seul geste. Ce départ ne lui apportait pas le soulagement qu'elle aurait dû logiquement éprouver. Elle se sentait épuisée, l'esprit désespérément vide.

Lorsqu'elle reprit le chemin de la villa, des larmes perlaient à ses paupières. Cependant, elle réussit à contenir ses sanglots. Le décès d'Harriet avait causé chez Sean un trouble profond. Le spectacle de ses yeux rougis par les pleurs, ne pourrait manquer de produire un effet désastreux sur sa jeune sensibilité exacerbée par la révélation de la mort.

Linsey avait beau lutter de toutes ses forces, l'image de Jarvis venait sans cesse se superposer à ses autres pensées. Le choc provoqué par son apparition inattendue ne s'était pas encore dissipé. Ses jambes la portaient à peine, et son cerveau restait comme paralysé.

Le comportement de son mari lui laissait une étrange impression. A suppose qu'il ait dit vrai, et que seul le hasard l'ait effectivement conduit jusqu'à elle, comment avait-il pu afficher une telle maîtrise de lui-même ? L'avait-il rayée de son existence au point de ne plus rien ressentir en sa présence ? La jeune femme ne savait que penser de toutes ces interrogations. Pourtant, il lui fallait bien admettre que cette rencontre avait éveillé en elle une foule d'émotions oubliées.

En franchissant le seuil de la villa, elle tentait encore de se persuader que les battements précipités de son cœur étaient seulement dus à la surprise et à la peur. Si Jarvis venait à apprendre l'existence de l'enfant, nul doute qu'il mettrait tout en œuvre pour le ramener en Angleterre...

Dans la cuisine, Musetta menait un combat désespéré pour faire avaler son petit déjeuner à un Sean boudeur et coléreux. Il savait que la jeune indigène lui passait le moindre de ses caprices, et semblait prendre un malin plaisir à la faire enrager. Linsey songea qu'il lui faudrait sans tarder reprendre à son compte l'autorité qu'Harriet avait exercée sur le petit garçon.

Sean était un enfant aux traits angéliques, à la peau brunie par le soleil. Il ressemblait tant à son père qu'elle ne pouvait espérer le faire passer pour le fils de Musetta. S'il arrivait à le découvrir, Jarvis ne douterait pas un seul instant de sa paternité.

Encore éprouvée par la scène qu'elle venait de vivre, Linsey réprimanda durement le petit garçon pour son indocilité.

— Pourquoi es-tu fâchée ce matin, maman ?
— Je... je ne suis pas fâchée.
— Tu dis toujours qu'il ne faut pas mentir, et toi, tu n'arrêtes pas de dire des mensonges !

Cette remarque eut pour effet d'adoucir la jeune femme. Ce bambin de trois ans avait parfois des réactions d'adulte. Grâce aux soins attentifs d'Harriet et de Musetta, il parlait aussi bien l'anglais que le français, comme la majorité des habitants de l'île. Parfois, en l'écoutant, Linsey se prenait à songer qu'il n'était déjà plus un enfant.

— Pardonne-moi, mon chéri. Je suis un peu nerveuse. Quoi qu'il en soit, tu n'es pas très gentil avec Musetta.
— C'est parce que je m'ennuie, déclara-t-il d'un ton solennel.
— Je lui ai promis de l'emmener à la plage dès votre retour, glissa Musetta dans un sourire. Je ferai le ménage un peu plus tard.
— Merci, Musetta. Mais ne vous inquiétez pas pour le ménage. Je m'en occuperai.

Il n'en fallait pas davantage pour inciter Sean à finir son petit déjeuner. Moins d'une minute plus tard, il courait avec sa nurse en direction de la plage. Restée seule, Linsey se força à boire une tasse de café et entreprit de mettre un peu d'ordre dans les affaires d'Harriet. L'avenir lui paraissait bien sombre depuis la mort de la vieille dame.

Harriet Wood avait été la meilleure amie de la mère de Linsey. A l'âge de cinquante ans, elle était venue s'établir dans l'île pour veiller sur la santé défaillante de sa sœur. La mort de celle-ci l'avait laissée seule au monde, et c'était avec joie qu'elle avait accueilli l'arrivée de Linsey et la naissance du petit garçon. Dès lors, elle avait régenté, avec une autorité parfois excessive, l'existence de son entourage, faisant croire à la jeune femme qu'elle possédait suffisamment d'argent pour faire vivre une famille nombreuse.

Linsey se souvenait de sa stupéfaction lorsqu'elle avait découvert, quelques jours auparavant, qu'Harriet ne jouissait de la villa qu'en simple locataire.

Cette pensée fit naître en elle une profonde inquiétude : d'un jour à l'autre, le propriétaire pouvait exiger le prochain loyer. Et elle était incapable de réunir la somme nécessaire.

Qu'allait-il advenir d'elle et de son enfant ?

2

Linsey dormait au rez-de-chaussée, dans une pièce peu spacieuse, sommairement aménagée. Sur les trois chambres que comptait la villa, une seule, celle d'Harriet, possédait un réel confort. La jeune femme aurait pu s'y installer, mais une crainte irraisonnée l'en empêchait. Elle aurait eu l'impression de commettre un sacrilège.

Ce soir-là, elle s'était retirée plus tôt que de coutume, épuisée par les épreuves des derniers jours et les émotions de la matinée. Pourtant, elle avait beau se tourner et se retourner dans son lit, elle ne parvenait pas à trouver le sommeil. Renonçant à vaincre l'insomnie, elle s'efforça de clarifier ses idées et de réfléchir à son avenir. Mais l'image obsédante de Jarvis se mêlait sans trêve à ses pensées. Il lui fallait bien se rendre à l'évidence : ces longues années de séparation n'avaient pas suffi à rompre l'emprise qu'il exerçait sur elle depuis le premier jour.

Peu à peu cependant, la fatigue commença à produire ses effets. Mais à peine venait-elle de s'assoupir qu'une étrange appréhension la réveillait en sursaut. Elle avait la sensation d'une présence inconnue derrière sa fenêtre... La gorge nouée par la peur, elle se redressa sur son séant et tendit l'oreille. Dans le silence de la nuit, elle n'entendait que le halètement saccadé de sa respiration.

Dehors, rien ne bougeait. Elle resta ainsi un long moment, immobile, tous les sens aux aguets.

Puis, mue par un sombre pressentiment, elle se coula hors de ses couvertures et se précipita vers la chambre que partageaient Sean et Musetta. A son vif soulagement, elle constata qu'ils dormaient paisiblement.

Mettant cet incident sur le compte de la nervosité, elle regagna son lit, sans grand espoir de retrouver le sommeil.

Allongée sur le dos, les yeux grands ouverts, elle laissa son regard se perdre dans la pénombre. De nouveau, les images du passé se mirent à défiler dans sa mémoire. Cette fois, elle ne fit rien pour résister à ses souvenirs.

Elle n'avait pas oublié les circonstances de sa rencontre avec Jarvis. Peter Brown, le père de la jeune femme, occupait un poste important dans la firme Parradine. Un soir, comme il sortait de son travail, il s'était fait renverser par une voiture, dans le parking de l'usine. Par hasard, Jarvis se trouvait à ses côtés au moment de l'accident. Il l'avait fait transporter à l'hôpital, et s'était lui-même chargé de prévenir sa famille.

Mme Brown l'avait fait entrer dans le salon. Linsey, qui feuilletait un journal devant la cheminée, avait immédiatement été frappée par l'allure du visiteur. Jamais, chez aucun homme, elle n'avait rencontré tant de charme et de distinction. Tandis qu'il parlait, de sa voix chaude et grave, un long frémissement parcourait la jeune fille. Elle n'aurait su dire ce qui la troublait si profondément ; la nouvelle de l'accident survenu à son père ou la présence de cet inconnu séduisant ?

Jarvis avait déployé une extrême gentillesse en offrant son véhicule aux deux femmes pour les conduire à la clinique, puis en insistant pour les raccompagner à leur domicile. Il gardait une certaine réserve à l'égard de Linsey, mais la jeune fille sentait bien qu'une force mystérieuse les attirait irrésistiblement l'un vers l'autre.

Quelques jours plus tard, il lui téléphonait pour la supplier d'accepter un dîner en sa compagnie. Cette invitation suscita chez Linsey un mélange de joie et d'appréhension. Déjà, elle l'aimait d'un amour éperdu. Pourtant, au fond d'elle-même, elle se rendait bien compte qu'il n'y avait rien de commun entre cet homme riche et plein d'expérience, et l'adolescente timide qu'elle était encore. Dans ces conditions, que pouvait-il advenir de leur relation ?

Quand la sonnerie de la porte d'entrée retentit, elle achevait tout juste de se maquiller. Son père, rentré de l'hôpital depuis deux jours et totalement rétabli, accueillit le visiteur sans chercher à dissimuler sa surprise. Par crainte d'une réaction négative, Linsey n'avait pas osé révéler à ses parents l'identité de son compagnon de soirée.

La jeune femme sourit, malgré elle dans l'obscurité. Elle se souvenait de la stupeur qu'avait suscité l'arrivée de Jarvis ce soir-là. Puis, comme les deux jeunes gens multipliaient leurs sorties, l'attitude de ses parents s'était faite plus nuancée. Mme Brown estimait que Jarvis Parradine était un homme séduisant et de surcroît, un excellent parti pour sa fille unique. Peter Brown, quant à lui, se montrait plus réservé.

— A ta place, avait-il coutume de dire à Linsey, je ne prendrais pas cette relation trop au sérieux. C'est un homme brillant, il est vrai, mais il doit avoir plus de trente ans. Et le bruit court à l'usine qu'il mène une vie des plus agitées...

Mais elle ne prêtait qu'une oreille amusée à ces perpétuelles mises en garde. Elle était à l'âge de l'insouciance et des illusions. Forte de ses dix-huit ans, elle se sentait prête à conquérir le monde. Pour la première fois, elle aimait, et l'aventure qu'elle vivait dépassait tous ses rêves d'adolescente.

Un soir, Jarvis l'avait emmenée dans son manoir de

Worton. Il possédait également une villa à Londres, mais il considérait la vieille bâtisse campagnarde comme sa véritable demeure.

La journée avait été belle et ensoleillée. Ils avaient dîné sur la terrasse, dans une atmosphère d'amicale complicité. Après le départ des domestiques, Jarvis s'était rapproché et avait glissé un bras autour de sa taille. La jeune fille pressentait depuis longtemps déjà ce geste fatidique. Jamais jusqu'à ce jour, elle ne s'était trouvée confrontée à pareille situation. Consciente de sa raideur et de sa maladresse, elle fuyait son regard, les joues en feu, le cœur battant à tout rompre. Jarvis resserra tendrement son étreinte, avant d'ôter, avec la plus grande délicatesse, les épingles de son chignon.

Quand ses cheveux retombèrent en cascade sur ses frêles épaules, le jeune homme laissa échapper une exclamation ravie.

— Comment osez-vous emprisonner une telle chevelure ! s'écria-t-il, admiratif.

Linsey gardait la tête baissée, tentant désespérément de dissimuler son désarroi. Elle ignorait combien sa confusion la rendait plus désirable encore aux yeux de son compagnon.

— Je ne sais pas ce qui me retient de vous soulever de terre et de vous porter jusqu'à ma chambre !

Ses caresses se faisaient plus pressantes, et ses yeux brillaient d'une lueur nouvelle, comme si un feu ardent venait soudain d'embraser son corps tout entier. La jeune fille devina dans ce regard fiévreux l'expression du désir. Elle savait qu'il avait souvent partagé ses nuits avec des femmes qui n'hésitaient pas à s'abandonner à lui. Plus d'une fois, Jarvis s'était gentiment moqué de son innocence et de sa réserve.

Une sorte d'entente s'était établie entre eux : il attendait, et elle lui en savait gré. Cependant, Linsey sentait naître en elle le frémissement des sens. Elle comprit qu'elle devait réagir avant qu'il ne soit trop tard.

— Je crois que nous devrions rentrer maintenant, fit-elle d'une voix qu'elle voulait calme et décidée.

— N'ayez crainte, je sais conserver mon sang-froid, répondit-il sans pour autant la libérer.

— Eh bien, qu'attendez-vous pour me ramener à Londres?

Elle avait posé les deux mains contre sa poitrine, essayant faiblement de le repousser.

— Il est encore un peu tôt, Linsey.

Soudain, avant qu'elle ait eu le temps de comprendre ses intentions, il se penchait vers elle et sa bouche venait cueillir ses lèvres frémissantes. Elle tenta de se débattre. En vain. Ses bras la retenaient prisonnière, comme dans un étau. Un étrange vertige s'empara de la jeune fille. Il l'embrassait avec une ardeur passionnée, presque brutale.

Quand enfin il s'écarta, sa voix s'éleva dans la nuit, avec une étonnante douceur.

— Comment vous sentez-vous? Avez-vous eu peur?

— Un peu, confessa-t-elle dans un souffle.

— Linsey, je ne sais pas ce qui m'arrive. M'avez-vous ensorcelé pour exercer sur moi une telle attirance?

Ils avaient effectué le trajet de retour dans le plus grand silence. Pendant plus d'un mois, Jarvis n'avait pas donné signe de vie. Puis, un beau matin, comme elle avait perdu tout espoir de le revoir un jour, le téléphone avait sonné au domicile de ses parents. Avec quelle émotion elle avait reconnu sa voix à l'autre bout du fil! Sans préambule, il lui avait annoncé la date de leur mariage et lui avait fait part des dispositions prises en vue de la cérémonie. Pas un instant, au cours de la communication, il n'avait songé à lui demander son avis, comme si son accord passait pour évident à ses yeux. Bien que choquée par son outrecuidance, Linsey avait accepté de devenir sa compagne.

La jeune femme prit tout à coup conscience de la clarté qui régnait dans la pièce. Les ombres de la nuit s'étaient dissipées sans qu'elle s'en aperçût, et déjà les rayons du soleil filtraient à travers les carreaux. Elle étira un à un ses muscles engourdis et enfila son maillot de bain avant de se glisser silencieusement hors de la villa.

Le bord de mer était désert. Elle se plongea dans une vague avec délices et s'éloigna du rivage à petites brasses. Après les fatigues de cette nuit sans sommeil, la caresse glacée de l'eau sur sa peau nue lui procura une agréable sensation de détente. Elle immergeait frénétiquement son corps et son visage dans les flots paisibles de la baie, comme pour se purifier l'esprit et enfouir au fond de l'océan l'image de l'homme que le destin venait de placer une nouvelle fois sur son chemin.

Elle ignorait qu'au moment même, Jarvis épiait sa baignade solitaire... Debout sur le pont du voilier, les jumelles à la main, il ne l'avait pas perdue de vue depuis son départ de la villa.

Linsey continuait à nager et à plonger avec l'aisance d'un dauphin. C'était à peine si elle avait remarqué le grand yacht qui se balançait mollement à l'entrée de la rade. D'ailleurs, cette présence n'avait rien de surprenant : il était courant de voir des bateaux mouiller à l'abri de la petite crique, pour une escale de quelques jours.

En outre, elle n'avait aucune raison de se montrer particulièrement méfiante, car personne ne venait jamais troubler ses baignades matinales. Les plaisanciers de passage avaient trop à faire avec les réparations diverses pour prêter attention aux évolutions de la jeune nageuse.

Quant aux villageois, ils ne s'approchaient que rarement de la plage. Tous connaissaient Linsey et faisaient preuve à son égard d'une sollicitude touchante. Ils avaient appris de la bouche d'Harriet les circonstances de sa venue dans l'île, et considéraient avec compassion cette jeune femme courageuse qui, malgré le sort, s'efforçait de mener à bien l'éducation de son enfant.

La nuit suivante, se déroula selon un scénario à peu près analogue à celui de la précédente. De nouveau, elle se réveilla en sursaut, avec la sensation d'avoir été observée pendant son sommeil. S'agissait-il d'un mauvais rêve ou d'un pressentiment réel ? Elle retourna en vain cette question dans son cerveau.

Aux premières lueurs de l'aube, avant d'entreprendre sa promenade quotidienne, elle fit le tour de la maison à la recherche d'éventuelles empreintes. Mais sans résultat. Irritée par la nervosité qu'elle sentait croître en elle depuis quelques jours, elle prit le chemin de la plage, le front sombre, la démarche pesante.

De retour à la villa, elle annonça à Musetta son intention d'aller à Port-Louis.

— Je veux venir avec toi, déclara aussitôt le petit garçon.

— Non, c'est impossible.

Déjà elle quittait la cuisine, sans prendre garde à ses protestations. Sean la suivit jusqu'à sa chambre, la mine boudeuse.

— Tu ne m'emmènes jamais nulle part, répétait-il tout en regardant sa mère appliquer un fond de teint sur ses joues trop pâles.

— Tu sais très bien que jusqu'à présent, je n'ai guère eu l'occasion de sortir. Il fallait bien que je m'occupe d'Harriet.

Elle ouvrit le tiroir de sa coiffeuse et en sortit un tube de rouge à lèvres.

— Mais ce n'est plus pareil maintenant, insista Sean. Et puis j'aime bien aller à Port-Louis.

Linsey passa une main dans les cheveux bruns de l'enfant.

— Je suis persuadée que tu t'amuseras davantage à la plage. Et de toute façon, je ne serai pas absente très longtemps. Demain, je t'emmènerai où tu voudras, c'est promis. Aujourd'hui, tu resteras avec Musetta.

— J'en ai assez d'être toujours avec des femmes, soupira-t-il en repoussant la main de sa mère.

Linsey réprima un éclat de rire. Ce bambin de trois ans avait parfois des réactions surprenantes.

— Musetta dit que je devrais jouer plus souvent avec d'autres garçons...

— Jules et Brian viennent te voir de temps en temps. Et puis il y a les enfants du village.

Jules et Brian étaient les petits-enfants de Mme Lanier, une amie d'Harriet.

— Oui, je sais, admit Sean en haussant les épaules. Mais eux, ils ont une maison avec un papa et une maman...

Une heure plus tard, assise près de l'arrêt de l'autocar, Linsey se remémorait avec amertume la dernière remarque de l'enfant. Parfois, il pouvait se montrer aussi cruel que Jarvis. Mais aussitôt, elle eut honte de cette pensée : à son âge, il ne mesurait guère la portée de ses paroles. Quoi qu'il en soit, elle ne pouvait que se réjouir de l'avoir soustrait à la dureté et à l'autoritarisme de son père.

Avant même de retrouver le jeune homme, une chose apparaissait clairement à ses yeux : elle devait persister dans sa résolution et lui cacher à tout prix l'existence de son fils.

Une voiture s'arrêta devant elle dans un crissement de pneus. Elle était si absorbée par ses réflexions, que ce bruit la fit sursauter. A la vue du conducteur, ses yeux s'emplirent d'effroi. Que faisait Jarvis au village ? Etait-il allé jusqu'à la villa ?

Avant qu'elle ait eu le temps de réagir, il avait sauté prestement du véhicule et avait agrippé fermement son bras, comme s'il craignait de la voir s'échapper.

— Bonjour, Linsey. Nous avions oublié de fixer le lieu de notre rendez-vous. C'est pourquoi j'ai cru bon de venir te chercher. J'ai été retardé sur la route. Sinon, j'aurais pu te prendre chez toi. Tu as fait une jolie promenade pour arriver jusqu'ici. Pourquoi ne pas avoir appelé un taxi ?

— J'avais l'intention de me rendre au port, fit-elle en feignant d'ignorer sa question. L'arrivée d'un nouveau bateau ne passe jamais inaperçue. Je ne pouvais manquer de te trouver...

Il ouvrit la portière du passager et lui fit signe de monter. Puis, contournant l'avant de la voiture, il se glissa derrière le volant et mit le contact.

— Quelque chose me dit que tu n'aurais pas insisté beaucoup dans tes recherches.

— Tu te trompes, Jarvis. J'ai hâte de mettre un point final à notre relation. Plus tôt le divorce sera conclu, mieux cela vaudra pour chacun de nous.

Il lui lança un regard en coin et fit demi-tour pour reprendre la direction de Port-Louis.

— Je suppose que tu mènes une existence des plus agréables ici. Une maison, aucun souci d'argent, un amant... A moins qu'il n'y ait plusieurs hommes dans ta vie...

— Non, murmura-t-elle les yeux fixés sur la route.

— Voilà qui est surprenant. Je n'ai jamais considéré la fidélité comme un trait dominant de ta personnalité.

Linsey fut incapable de réprimer la rage qui montait en elle.

— Tu ne manques vraiment pas d'audace ! Quand je pense à ces femmes que tu courtisais...

— T'ai-je jamais quittée pour l'une d'elle ? C'est toi qui es partie. Mais revenons à ton protecteur. Est-ce un riche propriétaire mauricien, ou un Anglais ?

— Il est Anglais, fit-elle sans grande conviction.

Jarvis laissa échapper un petit rire moqueur.

— Eh bien, tu n'es guère loquace aujourd'hui ! Mais dis-moi, es-tu amoureuse de lui ?

— Tout cela n'a rien à voir avec notre divorce ! s'écria-t-elle, exaspérée. Ma vie privée ne te concerne plus.

Il eut une moue résignée.

— Après tout, tu dois avoir raison. D'ailleurs, que m'importe l'identité de ton soupirant, ou la nature de vos rapports... A supposer, bien sûr, que tu sois capable de m'en parler...

Linsey se mordit la lèvre inférieure. Que signifiaient les paroles de Jarvis ? Mettait-il en doute l'existence de son amant ? Elle estima qu'il était plus prudent de garder le silence et fit mine de s'absorber dans la contemplation du paysage qui défilait sous ses yeux.

La route, bordée de palmiers, serpentait entre des plantations de cannes à sucre brûlées par le soleil. D'un côté, on apercevait l'étendue infinie de l'océan, et de l'autre, le relief tourmenté des montagnes volcaniques. Au bord des ruisseaux qu'ils traversaient, des femmes en sari lavaient leur linge à la main. Dans les villages de pêcheurs, de petites maisons proprettes alignaient leurs façades d'une blancheur immaculée le long des ruelles étroites, tandis que çà et là, à travers la campagne, se dressaient de vieilles demeures coloniales entourées de parcs majestueux. En dépit de sa faible superficie, l'île Maurice offrait une extraordinaire variété de paysages.

Habituellement, Linsey adorait s'y promener. Mais elle était bien trop tendue ce jour-là pour goûter au charme exotique du décor environnant. A son vif soulagement, ils atteignirent enfin la capitale. Jarvis engagea le véhicule sur le chemin du port.

— Où m'emmènes-tu ? interrogea-t-elle avec anxiété.

— Sur mon yacht. Je suis certain qu'il te plaira. Bien des femmes sont montées à bord. Elles ont toujours été ravies de leur visite.

Les propos du jeune homme ne la rassuraient en rien.

— Je t'en supplie, Jarvis. Allons dans un endroit où personne ne te connaît.

— Es-tu inquiète de la façon dont je vais te présenter à l'équipage ? fit-il en stationnant la voiture sur le bord du quai.

— Disons que la situation pourrait être embarrassante...

— Le jour où tu t'es enfuie, tu m'as laissé dans une situation bien plus embarrassante vis-à-vis de nos invités. Ce soir-là, nous donnions une réception, tu t'en souviens ?

— Oui, répondit-elle brièvement.

Ils descendirent silencieusement du véhicule. Jarvis prit son bras dans un geste possessif et l'entraîna le long de la jetée.

— Ton équipage sait-il que tu es marié ? interrogea-t-elle en s'efforçant de soutenir sa démarche rapide.

— Oui, je n'ai jamais cherché à le cacher. Mais jusqu'à ce jour, ils ignoraient tout de ta présence dans l'île. Ils sont impatients de faire ta connaissance.

Linsey marqua une halte et implora son mari du regard.

— Jarvis, pourquoi ne pas déjeuner en ville ?

— Parce que j'en ai décidé autrement, répliqua-t-il sèchement. De quoi as-tu peur ? D'un kidnapping ?

— Oh non, ce n'est pas cela !

Il considéra son visage d'un air énigmatique.

— Et quand bien même je nourrirais ce noir dessein, qui songerait à s'inquiéter de ton absence ? Ta servante peut-être, si tu en as une...

Il ne faisait même plus mention de l'homme qui était supposé partager sa vie.

— Musetta est plus qu'une servante. C'est une amie. Si je disparaissais, elle alerterait immédiatement la police.

— A quoi cela servirait-il ? Peut-on accuser un homme d'enlever son épouse légitime ?

Linsey se tut, désarmée par la logique de cette réflexion.

— Quoi qu'il en soit, reprit-elle après un temps, je ne vois pas pourquoi tu voudrais m'enlever, puisque nous désirons l'un et l'autre le divorce...

— Enfin une parole sensée. Alors, oublie tes craintes et cesse de prendre la situation au tragique.

Un sourire moqueur flottait sur les lèvres du jeune homme. Peut-être n'avait-il pas l'intention de la séquestrer contre sa volonté. Du moins, brûlait-il d'envie de l'humilier en la présentant à ses hommes.

Dans l'état de nervosité où elle se trouvait, elle eût été bien en peine de remarquer la splendeur du yacht devant lequel Jarvis venait de s'arrêter. En montant à bord, elle garda la tête baissée pour ne pas risquer de croiser les regards curieux des matelots.

Jarvis la précéda dans la coursive, jusqu'à une cabine claire et spacieuse, aménagée en salon. L'intimité rassurante de la pièce l'aida à recouvrer une partie de ses moyens.

Ce fut alors qu'elle prit conscience du luxe et de la grandeur du bâtiment. Autour d'elle, ce n'était que mobilier coûteux, bibelots rares, tableaux précieux. Ce bateau avait dû coûter une fortune. Linsey comprenait mieux pourquoi son époux avait insisté pour la conduire à bord. Sans doute voulait-il l'impressionner par l'étalage de ses richesses. Mais dans quel but? Cherchait-il à lui faire regretter l'existence dorée à laquelle elle avait renoncée en le quittant?

— Assieds-toi, je t'en prie.

Sa voix avait perdu toute agressivité.

— Oui, je... merci.

— Et si tu essayais de te détendre un peu, fit-il en plaçant un verre de sherry entre ses doigts tremblants.

— Ce n'est pas si facile. Et puis à quoi bon? Nous sommes ici pour parler du divorce. Qu'attendons-nous?

— Il y a à peine une heure que nous sommes ensemble. Rien ne presse. Le chef a préparé un menu spécial en ton honneur. Pourquoi ne pas le déguster tranquillement avant d'aborder le sujet qui nous préoccupe ?

3

Linsey ne savait que penser de l'attitude de son mari. Il se montrait si calme et si détendu qu'elle hésitait à manifester trop clairement son hostilité. Cependant, elle ne parvenait à se départir de sa méfiance, ni à faire taire son appréhension. La tête basse, le corps tassé dans son fauteuil, elle remuait nerveusement son verre entre ses doigts, n'attendant qu'une chose : que ce tête-à-tête prît fin et qu'elle pût enfin retrouver la paix et la solitude de sa retraite.

Quand il lui tourna le dos pour aller se servir à son tour un apéritif, elle ne put s'empêcher de suivre du regard sa silhouette souple et élancée. Il portait un pantalon de toile bleue et une chemise légère retroussée au-dessus de ses avant-bras musclés. Aucune femme n'aurait pu résister à l'aura de virilité qui émanait de tout son être.

Le cerveau assailli de sentiments confus, Linsey se demandait comment, après tant d'années, elle pouvait rester sensible à l'incontestable pouvoir de séduction du jeune homme. Comme un éclair, le souvenir de son corps puissant contre le sien traversa sa mémoire. Un irrésistible frisson courut le long de son dos.

Jarvis avait été un amant merveilleux. Seule la crainte irraisonnée de l'amour l'avait empêchée de goûter sans retenue au plaisir qu'il lui offrait. Peut-être serait-elle plus réceptive aujourd'hui. Elle ne pouvait nier que la proximité de cet homme détesté entre tous la troublait au-delà de tout contrôle. Cette constatation l'horrifiait : combien de temps encore pourrait-elle garder la maîtrise de ses sens.

Les joues en feu, elle trempa les lèvres dans son verre de sherry, espérant trouver dans la brûlure de l'alcool le réconfort dont elle avait tant besoin. Jarvis revint s'asseoir à ses côtés. Sa chemise ouverte sur sa poitrine laissait entrevoir le hâle doré de sa peau. Linsey détourna les yeux.

— Tu as fait grande impression sur mon équipage, observa-t-il d'un ton suave. Je suis toujours étonné de constater avec quelle facilité les hommes se laissent prendre au piège d'un visage bien fait.

— Un visage bien fait... voilà donc à quoi se réduit ta perception de la femme que tu as épousée.

— Est-ce ma faute si je n'ai pas eu assez de temps pour affiner mon analyse ?

— Te connaissant, je doute que cela eût changé grand-chose à l'issue de notre mariage...

Il haussa les épaules et lui adressa un mince sourire.

— J'avoue n'avoir guère songé, au cours de notre lune de miel, à étudier les divers aspects de ta personnalité. J'avais d'autres idées en tête. Plus tard, après ta fuite, j'ai essayé de m'expliquer les raisons de ton geste. Je me suis même demandé si ton cerveau fonctionnait tout à fait normalement. J'avais tort de m'inquiéter. En définitive, tu t'es plutôt bien tirée d'affaire. Tu vis dans un charmant village, sans autre souci que de savoir le temps qu'il fera demain, et ton unique préoccupation semble résulter pour l'heure de ma présence à Port-Louis. Beaucoup t'envieraient ce mode d'existence ! Je comprends que tu n'éprouves aucune nostalgie de notre mariage.

Linsey se raidit imperceptiblement. Comment pouvait-elle le contredire sans aussitôt trahir son secret ?

— Je... nous n'avons jamais eu le temps d'apprendre à nous connaître, balbutia-t-elle d'une voix à peine audible. La mort de mes parents, ma longue maladie...

— Nous voici encore une fois revenus au point de départ, coupa-t-il sèchement. Je le répète : pourquoi gâcher une si belle journée ?

— Nous avions convenu de parler de notre divorce, c'est tout, répliqua-t-elle avec obstination.

— Nous n'avons pas encore déjeuné. Il nous reste tout l'après-midi pour régler ce problème.

— Oui, bien sûr.

Elle se sentait affreusement maladroite et craignait de ne pouvoir supporter bien longtemps la pénible tension qui alourdissait l'atmosphère. Pourtant, elle devait à tout prix conserver son calme. Son avenir et celui de son enfant en dépendaient.

S'efforçant de retrouver une contenance, elle le suivit jusqu'à la salle à manger, d'une démarche qu'elle voulait assurée. Là, avec une courtoisie inhabituelle, il lui présenta une chaise avant de poser une main amicale sur son épaule.

— Tout va bien ? demanda-t-il avec une surprenante douceur.

Linsey se contenta de hocher brièvement la tête. Pourquoi cette mascarade ? Cherchait-il à préserver les apparences vis-à-vis de son personnel ?

Jarvis s'installa en face de la jeune femme. Il invita le maître d'hôtel à déposer tous les plats en bout de table, puis le congédia d'un geste. Lorsqu'ils se retrouvèrent seuls, il engagea une conversation des plus banales sur la beauté de l'île et la gentillesse de ses habitants. Linsey répondait par de simples monosyllabes, tout en picorant sans appétit, parmi les mets raffinés préparés à son intention.

Au moment du dessert, les serveurs firent une nouvelle apparition. Peu habituée à se faire servir par des stewards en uniforme qui évoluaient avec aisance autour de la table, Linsey voyait croître sa confusion. Ce fut avec soulagement qu'elle salua la fin de ce curieux ballet.

Le repas terminé, ils retournèrent au salon pour prendre le café. La jeune femme appréhendait plus que tout la discussion qui allait suivre et à laquelle rien ne pouvait la soustraire. Elle attendait, immobile sur son siège, sans souffler mot.

— A quoi penses-tu Linsey ? Tu n'es pas très bavarde.

— Je... je pensais à ce yacht. Il paraît si... si somptueux. Il t'appartient vraiment ?

— Oui, il est à moi. Je l'utilise à la fois pour le travail et pour le plaisir.

— Je suppose que tes maîtresses savent apprécier son confort.

Elle regretta aussitôt d'avoir prononcé ces paroles. Jarvis eut un petit rire moqueur.

— J'ai invité à bord bien des femmes, c'est vrai. Mais dans la plupart des cas, il s'agissait des épouses de mes associés, désireuses d'accompagner leurs maris dans nos week-ends studieux. En parlant de plaisir, je pensais surtout à mes excursions en haute mer. Désolé de te décevoir, ma chère : je n'ai pas les habitudes d'un Don Juan. Que veux-tu, tout le monde ne possède pas ton tempérament de feu...

— Tu ne parlais pas de moi en ces termes il y a quelques années, observa-t-elle, surprise de sa propre audace.

— Il faut dire que nous n'avons pas toujours vécu des moments exaltants. Tu étais très jeune à l'époque, et si j'avais le malheur de te considérer comme une adulte, comme une femme à part entière, alors je subissais des protestations à n'en plus finir.

— C'est que...

Elle marqua une légère hésitation. De fines gouttelettes de sueur perlaient à son front. Jamais elle n'avait abordé pareil sujet. Elle avala sa salive et reprit :

— Parfois tu étais trop... trop...

— Exigeant ? suggéra-t-il, amusé. Ou peut-être trop empressé ? Pauvre petite fille ! Te rendras-tu jamais compte de la fascination que tu peux exercer sur un homme ? Plus d'une fois, je te l'assure, j'ai lutté contre le désir que tu éveillais en moi. Mais toi, de ton côté, tu ne faisais rien pour surmonter tes réticences et vaincre ta pruderie.

Ces propos blessèrent cruellement la jeune femme. Elle avait, elle aussi, partagé les élans passionnés de Jarvis. Mais le souci de ne pas apparaître comme une épouse trop avide de plaisir, l'avait incitée à mettre un frein à l'emportement de ses sens.

Comme ces temps lui semblaient lointains ! Aujourd'hui, elle aurait tout donné pour se trouver à mille lieues de cet homme qui osait évoquer avec tant de cynisme, sa naïveté et sa maladresse passées. Elle prit une profonde inspiration et quitta le divan où elle était assise. Elle n'avait accepté ce rendez-vous que dans un but bien précis : mettre au point la procédure d'une séparation définitive. S'il se refusait à aborder cette question, elle n'avait plus rien à faire sur le navire.

— Jarvis, commença-t-elle d'une voix résolue.

Mais elle s'interrompit aussitôt : le sol venait de bouger sous ses pieds. Mue par un terrible pressentiment, elle se précipita vers le hublot. Ce qu'elle vit confirma ses craintes : le yacht était en train de quitter le port.

— Jarvis ! Mais c'est impossible !

Quand elle se retourna, elle croisa le regard froid du jeune homme. Son visage était dénué de toute expression.

— Qu'y a-t-il, Linsey ? interrogea-t-il, tandis qu'elle s'agrippait avec fureur à son poignet.

— Tu le sais très bien ! Nous nous éloignons de Port-Louis !

— Ah, c'est cela !

— Mais où allons-nous ?

Des larmes de rage perlaient à ses paupières.

— Je n'ai pas d'idée précise sur la question. J'ai pensé qu'une petite croisière te ferait plaisir.

— Une croisière ? Mais tu es...

Sa protestation mourut au fond de sa gorge. Elle comprenait qu'avec Jarvis, les cris ne serviraient à rien. Seule une attitude froide et résolue parviendrait peut-être à faire fléchir sa décision.

— Tu oublies que l'on m'attend chez moi d'ici une heure ou deux.

Ses lèvres se retroussèrent en un sourire moqueur.

— Un jour ou deux me paraîtrait plus réaliste. Je suis certain que tu apprécieras cette traversée.

— Tu ne parles pas sérieusement, Jarvis. Ou bien tu es devenu fou.

— C'est toi qui m'as rendu fou autrefois... Mais rassure-toi, ma chère Linsey. Ces quatre années ont changé bien des choses. Mes sentiments à ton égard ne sont plus du tout les mêmes.

— Alors pourquoi me retenir sur ce bateau contre ma volonté ? Ma présence ne saurait te distraire...

— Il existe toutes sortes de distractions, glissa-t-il d'un ton enigmatique. Je suis sûr de ne pas m'ennuyer en ta compagnie.

Un atroce sentiment de panique s'empara de la jeune femme.

— Je dois rentrer chez moi ! Ordonne à ton équipage de faire demi-tour !

— Quand je suis en mer, je n'ai pas l'habitude de modifier mes ordres à tout instant.

Il la considérait avec nonchalance, comme pour tenter

de mesurer l'ampleur de la colère qu'elle s'efforçait de maîtriser.

— Pourquoi un tel empressement ? Ton amant peut fort bien se passer de toi pour quelques jours...

— Non, c'est impossible. Il... il va me manquer terriblement.

Si elle parvenait à lui échapper, elle mettrait tout en œuvre pour lui faire regretter cette odieuse machination. Mais, pour l'heure, il ne semblait pas décidé à abandonner la partie.

— Quel attachement ! ironisa-t-il. Je te promets de faire mon possible pour atténuer tes regrets. Nul n'est irremplaçable !

Devant tant de cynisme, les résolutions de la jeune femme s'effondrèrent. Laissant éclater sa rage, elle se jeta contre son mari, martelant sa poitrine de toute la force de ses poings.

— Je te déteste ! Je te déteste ! hurla-t-elle d'une voix proche de l'hystérie.

— Seigneur, mais j'ai affaire à une véritable tigresse ! railla-t-il en la réduisant à l'impuissance d'un simple geste.

Puis, retenant ses deux poignets prisonniers de sa main robuste, il l'attira brusquement à lui.

— Il y a longtemps que j'aurais dû te dompter ! J'ai été stupide de ne pas recourir à des méthodes plus radicales pour faire de toi une épouse respectueuse et docile.

— Tu aurais osé utiliser la violence contre moi ?

— La violence ? Non... je pensais plutôt à ceci...

Sans lui laisser le temps de se défendre, il la plaqua brutalement contre son corps et s'empara de ses lèvres, dans un baiser dénué de toute tendresse. Son étreinte ressemblait davantage à un châtiment qu'à un acte d'amour. On eût dit qu'il cherchait à la punir de ses fautes passées.

Linsey, la bouche meurtrie par la douleur qu'il lui

infligeait, tentait désespérément de se libérer. Mais sa faible résistance parut l'enflammer encore plus. Il referma sa main libre sur sa nuque et l'obligea à entrouvrir les lèvres. La jeune femme continua à se débattre, mais peu à peu, une ardeur qu'elle avait crue à jamais éteinte, commença à ranimer ses sens. Alors, elle dut lutter aussi contre elle-même, contre ce désir qui embrasait son corps tout entier.

Soudain, comme ses dernières forces l'abandonnaient, il la repoussa, le visage revêtu d'une expression d'insondable mépris. Elle essaya de parler, mais aucun son ne parvint à franchir la barrière de ses lèvres.

— L'idée de passer quelques jours en ma compagnie te déplaît-elle toujours autant ?

— Je n'ai pas changé d'avis, balbutia-t-elle faiblement. Je dois rentrer. On risque de s'inquiéter de mon absence...

— *On* risque de s'inquiéter ? répéta-t-il en insistant sur le premier mot. Ton amant imaginaire n'a donc pas de nom ?

Linsey sursauta comme sous l'effet d'une piqûre. Jarvis avait-il percé à jour le secret de sa solitude ? Mais comment ?

— Tu parles de lui comme... comme s'il n'existait pas, observa-t-elle en fuyant son regard.

— C'est exact. Car en vérité, il n'existe pas.

Il avait parlé d'un ton si assuré que la jeune femme comprit qu'il était inutile d'essayer de le contredire. Soudain, elle entrevit l'horrible réalité.

— Tu m'as espionnée, c'est cela ? fit-elle dans un souffle.

Un rire sarcastique suivit ses paroles.

— Tu pensais vraiment que je serais assez naïf pour croire à ton histoire sans chercher à vérifier son exactitude ? Au moins, j'ai eu la délicatesse d'accomplir ce travail personnellement. D'autres se seraient contentés d'engager un détective.

— Mais... je n'ai rien vu...

— Tu dormais. Dans ton petit lit.

Accablée, la jeune femme se remémora l'étrange sensation qui l'avait tirée de son sommeil au cours des deux nuits précédentes.

— Ce que tu as fait là est ignoble ! Malgré le peu d'estime que j'éprouve à ton égard, je n'arrive pas à croire que tu aies pu te résoudre à de telles extrémités...

— C'est toi qui m'as poussé à agir ainsi. Tu ne sais pas mentir, Linsey. Avoue qu'il n'y a pas d'homme dans ton existence.

Elle ne put qu'abaisser la tête pour admettre sa défaite.

— As-tu un jour partagé ta vie avec un autre que moi ?

— Je te laisse le soin de le découvrir, répliqua-t-elle sèchement. Tu pourras mettre à profit une nouvelle fois tes talents d'espion.

Mais elle s'arrêta net, effrayée par l'expression de colère qui déformait les traits du jeune homme.

— Entendu, balbutia-t-elle, plus conciliante. Tu as gagné. Aucun autre homme ne m'a jamais approchée.

Une étrange lueur flotta dans le regard de Jarvis.

— Mais la mort de ton amie te laisse seule au monde. Peut-être as-tu l'intention maintenant d'accorder tes faveurs à...

— J'en ai assez ! coupa-t-elle avec violence.

L'image de Sean ne cessait de torturer son esprit.

— Je veux rentrer, Jarvis. Tu n'as pas le droit de me garder plus longtemps prisonnière. Tu as voulu jouer contre moi et tu as gagné. Que peux-tu espérer de plus ? J'ai tout avoué et...

— Tu pensais pouvoir te débarrasser de moi avec cette histoire d'amant ?

— Oui, admit-elle avec lassitude.

— Tu t'imaginais sans doute que j'éprouvais encore

un sentiment à ton égard, et que la présence d'un autre homme me rendrait jaloux au point de m'éloigner à jamais..

— Quelle importance cela a-t-il ?

Elle était trop inquiète à la pensée de son fils pour soutenir plus longtemps cette discussion. Un coup d'œil à travers le hublot lui apprit que le yacht quittait la baie de Port-Louis. Dehors, on n'entendait que le martèlement des vagues contre la coque d'acier. Sans plus réfléchir, Linsey se précipita vers la porte de la cabine.

Mais elle n'eut pas même le temps de saisir la poignée. En trois longues enjambées, Jarvis l'avait rejointe et faisait rempart de son corps pour l'empêcher de gagner la sortie. Dans un réflexe de dépit, elle porta violemment la main au visage du jeune homme.

Encore une fois, il se montra plus rapide. Il arrêta son bras au vol et plaqua sa frêle silhouette contre la paroi de boiserie, jusqu'à ce qu'elle n'eût plus la force de se débattre.

— Voilà qui est mieux, constata-t-il avec satisfaction. J'ai cru que tu allais te jeter par-dessus bord.

— Je t'en supplie, Jarvis, gémit-elle. Demande-moi tout ce que tu veux, mais laisse-moi rentrer.

— Tout ce que je veux ?

Elle ne comprit pas immédiatement le sens de cette réflexion ironique. Une seule chose importait pour elle : retrouver son fils au plus tôt. Que se passerait-il si Musetta venait soudain à s'absenter ? Il serait bien étonnant qu'elle laissât l'enfant seul à la villa. Mais comment en être certaine ? Certes, la jeune indigène s'était toujours révélée digne de confiance. Cependant, elle fréquentait depuis quelques temps un jeune villageois, et, à plusieurs reprises déjà, il lui était arrivé d'abandonner discrètement sa tâche pour aller rejoindre son soupirant. Une telle éventualité n'était pas à écarter. De plus, Sean se montrait parfois si insouciant et si téméraire en l'absence de sa mère, qu'une seule minute d'inattention de la part de la nurse pouvait suffir à le mettre en danger. Linsey était prête à céder à toutes les exigences de son mari, pourvu qu'il lui rendît sa liberté.

— Oui, tout, répondit-elle sans réfléchir davantage à la portée de ses paroles.

— Je ne pensais pas que les choses se dérouleraient aussi facilement. J'espère qu'il ne s'agit pas d'une vaine promesse...

Elle fut soudain frappée par l'intonation toute particulière de sa voix. Mais elle rejeta les doutes qui s'insinuaient dans son esprit. Jarvis était un être arrogant, parfois même brutal, mais jamais il n'oserait se compromettre dans une situation déshonorante et indigne de lui.

Pourtant, son regard s'attardait étrangement sur le corps de la jeune femme. Linsey se sentit gagnée par la panique.

— Jarvis, lança-t-elle précipitamment, la poitrine soulevée par le rythme haletant de sa respiration. Je ne m'opposerai en aucune manière à notre divorce. Et puis je me moque de cette pension dont nous avons parlé l'autre jour. Je... je te promets de ne jamais chercher à te revoir. Tu n'entendras plus parler de moi, si c'est ce que tu cherches.

— Oh non, tu n'y es pas du tout! Je voulais simplement te proposer de passer l'après-midi avec moi, dans ma cabine...

— Dans ta cabine? Jarvis, tes plaisanteries ne sont pas drôles du tout.

Elle avala péniblement sa salive.

— Cesse de te moquer de...

— Détrompe-toi, Linsey. Je n'ai jamais été aussi sérieux. D'ailleurs, je ne suis pas d'humeur à plaisanter. Je te fais une proposition, c'est tout. Si tu veux être de retour chez toi ce soir, eh bien tu n'auras qu'à accepter mes conditions.

— Mais c'est ignoble ! Aucun homme n'oserait...

— Je ne suis pas n'importe quel homme, ma chère. Je suis ton mari.

— C'est faux ! hurla-t-elle, ivre de rage.

— Dois-je te rappeler que nous n'avons pas encore divorcé ? Légalement, tu es ma femme.

— Mais que va penser ton équipage ? interrogea-t-elle à bout d'arguments.

Le jeune homme resta de marbre.

— Ne t'ai-je pas déjà dit que mes hommes sont payés pour travailler, non pour penser ? Et crois-tu qu'ils vont pousser des cris d'indignation en apprenant que je partage ma chambre avec mon épouse légitime ?

— Jarvis, pour l'amour de Dieu, sois raisonnable. Ils savent très bien que nous sommes séparés depuis des années et...

— Linsey, je n'ai pas l'intention de prolonger indéfiniment cette discussion, coupa-t-il sèchement. Je t'ai fait une proposition. Libre à toi de l'accepter ou de la rejeter.

« Libre » ! Quelle cruauté chez cet homme qu'elle avait jadis tant aimé ! Se rendait-il compte du mal qu'il lui infligeait ? Comment osait-il la soumettre à ce sordide marchandage ? Un bourreau avide de souffrances, voilà ce qu'avaient fait de lui la haine et le ressentiment.

— Tu me traites comme une femme que tu aurais ramassée dans la rue ! cria-t-elle, le visage blême.

— Ces femmes là ont un nom, ironisa-t-il posément.

Linsey ne répondit pas.

— Et puis qu'importe mon attitude à ton égard ? Tu as bien cherché ce qui t'arrive aujourd'hui. Tu as une dette à payer, Linsey. Et n'oublie pas que je suis encore en droit de te contraindre à ton devoir conjugal...

— Tu es odieux !

— C'est possible. Mais sache que je n'ai que faire de ton jugement.

— J'en suis tout à fait consciente. Pourtant, il y a une

chose que je ne comprends pas. Tu as cessé depuis longtemps de m'aimer. Quel plaisir éprouveras-tu à m'humilier davantage ? Ne me dis pas que tu regrettes nos étreintes passées !

Jarvis se contenta de sourire.

— Tu raisonnes d'un point de vue strictement féminin. Les hommes sont faits différemment...

— Tu veux dire qu'ils n'ont pas besoin d'être amoureux pour... pour...

— Exactement.

Joignant les mains dans un geste de supplication, elle essaya de faire appel à ses bons sentiments.

— Alors, tu dois bien te rendre compte de ce que cela représente pour une femme... Tu n'es pas assez mauvais pour vouloir délibérément me faire souffrir...

— Allons, Linsey, cesse de jouer les victimes éplorées ! Tu n'arriveras pas à me donner mauvaise conscience. Comme si je t'imposais un réel sacrifice ! Jadis, malgré tes réserves, j'ai su éveiller le désir en toi... Le miracle peut encore se produire !

Le visage de Linsey n'exprimait plus que la répulsion et l'effroi.

— Tu es un monstre ! Pour rien au monde je ne te laisserai approcher de moi. Je te déteste ! Je te déteste ! Jamais tu ne poseras la main sur moi, jamais tu m'entends !

— Très bien, fit-il froidement. Nous resterons en mer pendant plusieurs jours. Je te promets de garder mes distances...

Elle le considérait d'un regard incrédule. Jusqu'à cet instant, elle ne l'avait pas cru capable de mettre ses menaces à exécution. Elle eût préféré mourir plutôt que de céder à son chantage. Mais la pensée de Sean annihilait tout son courage.

— Soit, murmura-t-elle au bord de l'effondrement. Je

ferai tout ce que tu voudras... à condition que je rentre chez moi ce soir.
— C'est bien vrai ?
Il scrutait sans émoi ses yeux embués de larmes.
— Tu acceptes ma proposition ? Une fois franchie cette porte, tu ne pourras plus revenir sur ta décision...
Elle hocha la tête avec lassitude. Aussitôt, il la souleva entre ses bras puissants et se dirigea vers sa cabine.

4

Le pas de Jarvis résonnait lugubrement dans la coursive déserte. Ballotée entre ses bras robustes, la tête renversée en arrière, Linsey ne percevait au-dessus d'elle qu'un flottement confus. Plus rien n'existait pour elle. Un voile opaque s'était abattu sur son cerveau, d'où seule émergeait, comme une lueur lointaine dans un épais brouillard, l'image de son fils. Vaincue, accablée par la scène qui venait d'avoir lieu, elle s'effondrait corps et âme devant l'odieux chantage de son mari.

Combien de temps resta-t-elle ainsi plongée dans les noirceurs de l'inconscient ? Elle n'aurait su le dire. Il lui sembla qu'ils sombraient au fond d'un gouffre vertigineux, puis s'engageaient dans un étroit labyrinthe dont les parois menaçaient à chaque instant de s'effondrer sur elle. Soudain, le flottement cessa, et la sensation d'une vive clarté lui fit ouvrir les yeux. Ils se tenaient au seuil d'une vaste pièce dont le décor et les dimensions évoquaient davantage une chambre de palace que la cabine d'un yacht, si luxueux fût-il. Seul le moutonnement des vagues derrière les hublots, rappelait qu'ils se trouvaient en mer.

Jarvis déposa la jeune femme dans un fauteuil. Il avait fermé la porte à double tour, sans retirer la clef de la serrure. « Ainsi, personne ne pourra entrer, songea Linsey. Et il sait bien que je n'essaierai pas de fuir... »

Pourtant, elle ne put retenir un mouvement de surprise quand il lui annonça son intention de la laisser seule un instant :

— Je vais prendre une douche, expliqua-t-il. Il faisait une chaleur accablante ce matin à Port Louis. Tu devrais en faire autant. Cela te ferait le plus grand bien.

— Je me sens affreusement mal.

Il feignit d'ignorer sa remarque et poursuivit d'un ton neutre :

— Il y a une deuxième salle de bains derrière cette porte. Tu y trouveras tout ce dont tu peux avoir besoin.

Sur ces mots, il fit coulisser un battant dissimulé dans une des cloisons et disparut. Aussitôt, les yeux de Linsey se posèrent sur la clef restée bien en évidence dans la serrure de la porte principale. Jarvis devait se sentir bien sûr de lui ! Mais que pouvait-elle faire ! Quitter la pièce pour se cacher dans un recoin du navire ? Il aurait tôt fait de la retrouver. Alerter l'équipage ? Nul doute que de ce côté-là aussi, Jarvis avait pris ses précautions.

La jeune femme se sentait comme un animal pris au piège. Cependant, elle ne parvenait à s'avouer définitivement vaincue. Dans un sursaut d'énergie, elle s'efforça de réfléchir calmement à la situation.

« A aucun prix, je ne dois perdre mon sang froid », se disait-elle. Après tout, elle ne serait pas la première femme à subir contre son gré les attentions d'un homme. Certes, elle ne pouvait préjuger des réactions de Jarvis. Mais si elle parvenait à rester maîtresse de ses sens, à opposer une parfaite indifférence à ses caresses, peut-être renoncerait-il à exiger le don de son corps.

Soutenue par ce fragile espoir, elle quitta son fauteuil et se dirigea vers la salle de bains que Jarvis lui avait indiquée. Ses jambes étaient encore si faibles, qu'elles menaçaient à chaque pas de se dérober sous elle. Quand enfin elle atteignit le lavabo, elle aspergea son visage et sa nuque d'eau fraîche, fuyant obstinément son image dans le miroir, de peur d'y rencontrer le reflet des doutes qui l'habitaient.

La morsure de l'eau sur sa peau moite lui procura une agréable détente. Mais cette sensation fut de courte durée. A peine avait-elle regagné la chambre, qu'elle sentait le désespoir l'envahir à nouveau. Une indicible angoisse tenaillait sa poitrine et elle frémissait à l'idée de ce qui allait se passer dès le retour de Jarvis. Plus encore que l'outrage qu'elle allait subir, ce qu'elle redoutait, c'était sa propre réaction. Jadis, le jeune homme avait exercé sur elle un attrait irrésistible. Si elle venait à céder, ne fût-ce qu'un seul instant à ses caresses, elle se savait perdue. Le désir annihilerait sa volonté, et elle n'aurait plus qu'à se soumettre aux exigences de la chair. A l'horreur de ce cruel marchandage, s'ajouterait alors la honte de sa propre faiblesse. Elle préférait mourir plutôt que d'en arriver à pareille extrémité.

Elle en était là de ses pensées, quand la porte s'ouvrit sans bruit. Jarvis s'approcha d'une démarche nonchalante et plongea son regard dans ses yeux noyés d'appréhension.

— Voyons, Linsey, observa-t-il d'un ton railleur. Tu n'as aucune raison d'avoir peur. A te voir, on croirait une martyre offerte en sacrifice. Je connais des supplices plus désagréables que celui qui nous attend.

Linsey ne répondit pas. Elle restait comme hypnotisée par la vue de son torse nu, aux muscles saillants et à la peau tannée par le soleil. La seule présence de cet homme suffisait à la troubler. Qu'adviendrait-il de sa réserve quand leurs deux corps se retrouveraient nus au contact l'un de l'autre ?

Comme s'il avait pu lire dans ses pensées, Jarvis lui adressa un sourire amusé et s'assit au bord du lit.

— Viens ici, Linsey, murmura-t-il. Ton siège ne doit pas être très confortable.

La jeune femme ne fit pas un geste.

— Linsey! soupira-t-il, exaspéré.

Elle savait qu'elle devait obéir. Il était trop tard désormais pour lutter. Et à quoi bon lui offrir une fois de plus le spectacle de sa détresse?

Elle s'exécuta en silence et se laissa tomber sur un coin du lit, prostrée dans une attitude d'abandon et de soumission. Jarvis la considérait avec agacement.

— Vas-tu rester muette tout le reste de l'après-midi?

— Je n'ai plus rien à te dire, répondit-elle d'une voix sans timbre. Et puis à quoi servirait-il de te supplier? J'ai appris à mes dépens qu'avec toi les mots sont inutiles.

— Tu n'es guère conciliante... Enfin, il va bien falloir que je me contente du peu que tu daignes m'offrir.

— Tu ne t'es jamais privé de rien, Jarvis.

Elle essayait de conserver sa froideur, mais sa voix avait des intonations amères.

— Avoue que tu n'as jamais fait preuve de beaucoup de générosité à mon égard.

— Je t'ai toujours donné ce que tu voulais.

— Peut-être. Mais pas de la manière que j'attendais. Tu as toujours entretenu une certaine distance entre nous, jusque dans nos rapports les plus intimes...

— Tu m'en vois navrée.

Elle restait immobile, les yeux rivés sur ses mains tremblantes. La voix de Jarvis la fit sursauter.

— As-tu l'intention de garder ta robe?

— Ma robe?

— Tu préfères peut-être que je la retire moi-même.

Il la transperçait d'un regard implacable. Tout dans son attitude montrait qu'il était résolu à aller jusqu'au bout de son horrible dessein.

— Nous avons fait un marché, l'aurais-tu oublié? Si

tu changes d'avis, rien ne m'empêche de te retenir à bord des semaines entières.

Linsey réprima les larmes de rage et d'humiliation qui perlaient à ses paupières. Elle porta la main au col de sa robe, mais au lieu d'en dégrafer l'attache, elle le plaqua dans un geste désespéré contre sa peau brûlante.

Jarvis lui adressa une moue méprisante puis la saisit fermement par l'épaule pour l'attirer vers lui.

— Veux-tu que je t'aide ?
— Ne me touche pas !

La jeune femme n'avait pu contenir ce cri de révolte. Laissant éclater sa rancœur, elle martelait du poing le torse de son mari.

— Linsey, tu ferais mieux de te calmer. Si tu continues à agir de la sorte, je te jure que tu le regretteras.

Le visage blême, elle le considéra d'un air misérable. Mais il ne se laissa pas fléchir par la prière de ses yeux apeurés.

— Te voilà bien farouche tout à coup. Est-ce la pudeur qui te retient ? Ou une promesse de fidélité ? Tu n'as pas d'amant, mais peut-être as-tu engagé ton cœur ?

Linsey releva le menton en signe de défi.

— Mes projets ne te regardent pas ! Tu as réussi à m'attirer dans ce piège ignoble : libre à toi d'abuser de ta force. Mais ton pouvoir s'arrête là. Je suis la seule à pouvoir décider de mon avenir.

— Je suis d'accord... aussi longtemps que tu n'appartiens pas à un autre homme. Tu portes encore mon nom. Je ne te permettrai pas de le traîner dans la boue.

Malgré la tension qui régnait entre eux, Linsey sentait renaître avec inquiétude la force mystérieuse qui l'avait jadis entraînée vers cet homme. Rien, pas même la cruauté dont il faisait preuve, ne semblait pouvoir la libérer de ce lien tenace.

— Qui m'empêchera de continuer à utiliser ton nom après notre divorce ? observa-t-elle avec véhémence.

— Personne, il est vrai. Mais tout le monde saura que nous n'avons plus rien à voir l'un avec l'autre. Nous vivons aujourd'hui notre dernière rencontre, Linsey.
— Rien ne pourrait me réjouir davantage !
— Te voilà au moins satisfaite sur un point. Pourquoi nous arrêter en si bon chemin ? Je vais faire en sorte que tu conserves de cette ultime entrevue un souvenir impérissable.
— Le souvenir de ta conduite abjecte ? glissa-t-elle d'une voix chargée de haine.
Mais sa remarque se perdit dans le baiser furieux de Jarvis. Comme pour mettre sa promesse à exécution, il l'avait plaquée contre son corps et emprisonné sa bouche de ses lèvres avides. Il la serrait si fort entre ses bras, que Linsey percevait distinctement les battements sourds de son cœur contre sa poitrine.
Malgré toute l'horreur que lui inspirait cette étreinte forcée, la jeune femme sentit ses résolutions s'effondrer une à une. Lorsque de légers picotements commencèrent à courir le long de sa nuque, elle comprit que jamais elle ne parviendrait à rester insensible à ses caresses.
Elle essaya néanmoins de ne rien laisser paraître de son trouble, contractant chaque muscle de son corps pour simuler une aversion que contredisaient les frémissements glacés de sa chair. Cette lutte contre l'emportement de ses sens ne dura pas plus de quelques secondes. Quand enfin Jarvis relâcha son étreinte, il sembla à la jeune femme qu'un siècle venait de s'écouler.
— Es-tu décidée à ôter ta robe maintenant ?
Linsey avala péniblement sa salive. Elle haïssait cet homme de toute son âme ; pourtant, elle se savait incapable de lui opposer la moindre résistance. Les joues écarlates, le regard enflammé de rancœur et de désir mêlés, elle se défit lentement de ses vêtements. Plus rien n'avait d'importance désormais. En cédant à l'exaltation de la chair, elle avait gâché sa dernière chance de salut : il

l'avait tyrannisée, humiliée, et il allait maintenant la posséder sans qu'elle songeât à lui résister.

Pourtant, quand il posa la main sur sa peau nue, un nouvel accès de révolte l'anima. Profitant d'une seconde d'inattention de la part du jeune homme, elle se leva d'un bond et courut se réfugier à l'autre extrémité de la pièce.

— Linsey ! Arrête ce jeu stupide ! Tu sais fort bien que tu ne m'échapperas pas !

Déjà il l'avait rattrapée et elle gisait sans force au travers du grand lit. Quand Jarvis se pencha sur elle, elle cessa soudain de respirer. Elle voulut encore se débattre, appeler au secours, mais il était trop tard. Au contact de ses mains expertes, son corps tout entier se tendait et s'offrait sans retenue à ses caresses. La haine et l'amour se confondaient dans son esprit. Alors, renonçant à lutter, elle ferma les yeux et décida de s'abandonner au plaisir qui s'éveillait en elle.

Mais au moment où ses bras se tendaient vers son compagnon, elle sentit le corps de ce dernier lui échapper et se couler hors du lit, la libérant du poids de son étreinte. Avant qu'elle ait eu le temps de comprendre ce qui se passait, la voix de Jarvis résonnait dans le silence ouaté de la cabine :

— Lève-toi, Linsey. Habille-toi et vas m'attendre dans le salon. J'ai changé d'avis. Il est plus sage que je te ramène chez toi.

Stupéfaite de ce revirement inattendu, Linsey le fixait d'un regard incrédule, incapable d'esquisser le moindre mouvement.

— Tu ferais mieux de te dépêcher avant que je ne revienne sur ma décision.

Comme pressé, tout à coup, de se débarrasser d'elle, il ramassa les vêtements éparpillés sur le parquet et les lança sans ménagement dans sa direction. La jeune femme s'en empara maladroitement et commença à s'habiller, sous le regard pesant de Jarvis. Cet examen silencieux la mettait au comble de l'embarras et elle crut que jamais elle ne réussirait à enfiler sa robe, tant ses gestes étaient gauches et fébriles.

Dans la pièce, la tension s'était encore accrue. Tout en s'apprêtant, Linsey jetait des regards inquiets en direction de son geôlier, dont le visage impassible ne trahissait aucune émotion. En dépit de sa réserve apparente, elle n'arrivait pas à croire que le jeune homme eût véritablement renoncé à ses intentions. Quelle nouvelle tromperie dissimulait ce brusque changement d'attitude? Cherchait-il à l'accabler davantage en suscitant en elle de faux espoirs, en la rendant esclave de ses caprices? Il n'était pas homme à s'embarrasser de scrupules. Se pouvait-il cependant qu'il eût cédé à la part d'humanité qui subsistait en lui, ou qu'il eût pris conscience tout à coup de la folie qu'il s'apprêtait à commettre?

Elle ouvrit la bouche pour tenter de parler, mais Jarvis la devança:

— Sors de cette chambre, Linsey, je t'en prie!

Même le son de sa voix avait changé. D'autoritaire et menaçant, il était devenu rauque, indécis, presque méconnaissable. Il avait tourné le dos à la jeune femme et se tenait face à la mer, le front appuyé contre un hublot, le corps immobile et tendu, comme en proie à une terrible lutte intérieure.

Cette fois, Linsey ne marqua aucune hésitation. Comprenant que l'heure n'était plus à la discussion, elle sauta du lit et quitta la pièce, sans un regard pour son mari.

Le retour fut interminable. La jeune femme avait pensé que Jarvis la rejoindrait dans le salon, mais il demeura invisible pendant tout le reste de la traversée. Son seul visiteur fut un steward taciturne venu lui apporter une tasse de thé et l'informer qu'ils mettaient le cap sur Port-Louis. Cependant, cette nouvelle ne parvint pas à apaiser ses craintes. Sans trêve, elle revivait les heures qui venaient de s'écouler, s'attendant à tout instant à voir la porte s'ouvrir devant son époux, et l'affreux cauchemar recommencer.

Elle ne retrouva espoir qu'en apercevant, à travers les hublots, les premières bouées du port. Quelques secondes avant l'accostage, un homme d'équipage vint la chercher pour la guider jusqu'au pont. Jarvis l'attendait au pied de la passerelle. S'il avait été un instant en proie au remords, il n'en laissait rien paraître : il semblait même si calme et si maître de lui que l'espace d'une seconde, la jeune femme arriva presque à douter de la réalité du drame qui venait de se dérouler.

La nuit commençait à tomber quand ils reprirent le chemin du village. Jarvis menait le véhicule à vive allure, les yeux rivés sur la route sinueuse, le visage fermé. Linsey aurait eu mille questions à lui poser, mais elle ne fit rien pour rompre le silence pesant qui régnait entre eux. Elle n'avait qu'une hâte : voir disparaître cet homme et retrouver le fils qu'il lui avait donné et que jamais il ne connaîtrait. La voiture s'était à peine immobilisée devant le portail de la villa, que déjà elle ouvrait sa portière, comme si elle se méfiait encore des intentions de son compagnon.

— Tu sembles très impatiente de me quitter, murmura-t-il. C'est la dernière fois que nous nous voyons. En es-tu bien consciente ?

— Je... oui, balbutia-t-elle en jetant un regard inquiet en direction de la porte d'entrée.

— Eh bien... adieu, Linsey. Je regrette ce qui s'est passé cet après-midi, mais je suis tout de même content de t'avoir retrouvée. Dès mon retour à Londres, j'engagerai la procédure de divorce. Je ferai en sorte que tu perçoives assez d'argent pour vivre décemment. Mon avocat te contactera. Quoi qu'il en soit, je te promets de ne pas te laisser sans ressources.

Le cœur serré, Linsey formula un vague remerciement

et courut à l'intérieur de la villa, ne sachant si elle devait rire ou pleurer du départ de son mari. Sean dormait à poings fermés dans son petit lit. Après avoir refermé la porte de sa chambre, elle alla trouver Musetta.

— Grand Dieu, comme vous m'avez fait peur ! s'exclama la jeune indigène. J'ai entendu des bruits dans la maison, mais j'ignorais que vous étiez de retour.

— Pardonnez-moi, fit Linsey en essuyant du revers de la main les larmes qui roulaient sur ses joues. Je n'ai pas pensé à vous avertir de mon arrivée tant j'étais inquiète au sujet de Sean.

— Sean ? Mais il va très bien. Il est vrai qu'il n'a cessé de vous réclamer tout au long de l'après-midi. Il vous attendait plus tôt.

— Je... j'ai été retenue...

— Oui, bien sûr. C'est ce que j'ai essayé de lui faire comprendre. Mais vous le connaissez ! Quand il est de mauvaise humeur, il ne veut rien entendre.

Linsey ne put réprimer un sourire amer.

— Il se passe fort bien de moi d'habitude.

— Je crois surtout qu'il s'ennuie ici. Il est très différent des enfants du village qui passent leurs journées entières à s'amuser sur la plage. Il a besoin d'autre chose.

— J'essaierai de lui consacrer un peu plus de temps désormais. J'ai eu tant à faire ces dernières semaines...

La jeune femme eût aimé prolonger cette discussion et goûter plus longtemps le réconfort de cette présence amie. Mais Musetta ne tarda pas à manifester des signes d'impatience. Comprenant qu'elle avait hâte de rejoindre son soupirant, Linsey lui donna congé et demeura seule dans la villa endormie.

En dépit du soulagement qu'elle éprouvait à se retrouver saine et sauve auprès de son fils, elle ne parvenait à surmonter l'agitation de ses nerfs, ni à détacher ses pensées des événements dramatiques de l'après-midi. L'image de Jarvis en particulier, ne cessait de la harceler.

Après son revirement inattendu, il s'était comporté avec elle comme un véritable étranger. C'était à peine si en la quittant, il avait daigné lui adresser un regard. Comment expliquer cet étrange comportement ? Regrettait-il les outrances dans lesquelles le désir l'avait entraîné ? Avait-il été déçu, au contraire, de ne pas retrouver auprès d'elle l'ardeur de ses sentiments passés ?

Ces questions agitaient encore l'esprit de la jeune femme quand le sommeil la surprit. Le lendemain matin, après une nuit peuplée de cauchemars, elle se leva le corps las et le cerveau vide, comme engourdie par l'excès d'émotions qui l'avait assaillie. Dans la cuisine, Sean guettait son arrivée avec impatience. A peine avait-elle poussé la porte, qu'il se jetait à son cou et l'accablait de baisers.

— Dis maman, tu m'emmènes à la plage ce matin ? interrogea-t-il d'une voix chargée d'espoirs.

Linsey s'apprêtait à exaucer la requête de l'enfant, quand elle se souvint tout à coup du rendez-vous que lui avait fixé le notaire d'Harriet, pour le jour même. Une fois de plus, malgré sa lassitude, il lui fallait se rendre à Port-Louis pour accomplir cette démarche dont elle se serait fort bien passée.

— Je veux venir avec toi, déclara Sean quand sa mère l'eut informé de ses projets. Je te promets d'être sage.

— Oh, Sean ! soupira-t-elle en esquissant un pâle sourire.

Elle considérait avec embarras le regard suppliant du petit garçon. Comment lui avouer qu'elle le tenait caché dans la villa pour le dissimuler aux yeux de son propre père ? Certes, Jarvis lui avait fait ses adieux. Mais avait-il repris la mer pour autant ? Une angoisse nouvelle étreignit le cœur de la jeune femme. Et s'il avait décidé de prolonger son séjour dans l'île ? Il fallait coûte que coûte qu'elle s'assurât de son départ. Alors seulement, son fils serait en sécurité. Jusque-là, elle ne pouvait prendre le risque de l'emmener avec elle.

— Ecoute, mon chéri, fit-elle en s'agenouillant près de l'enfant. C'est la dernière fois que je vais en ville sans toi. Je te le promets. Tu vas rester gentiment avec Musetta. Elle s'amusera avec toi.

— Tu vas encore rentrer tard! lança-t-il d'un ton accusateur.

— Je ferai tout mon possible pour ne pas rester absente trop longtemps. Musetta n'a pas pu passer beaucoup de temps avec son fiancé hier soir. Je crois qu'elle serait fâchée si je la faisais attendre aujourd'hui encore.

Le voyage jusqu'à Port-Louis fut une épreuve supplémentaire pour la jeune femme que la fatigue et les tourments des derniers jours avaient épuisée. En ce début d'après-midi, la chaleur était torride et l'atmosphère à peine respirable. Assise à l'arrière de l'autobus bondé, le regard morne et désabusé d'un être pour qui plus rien ne compte, elle fixait sans le voir le paysage côtier qui déroulait de part et d'autre de la route sinueuse, ses lagunes enchanteresses et ses reliefs tourmentés.

Une lutte sourde se jouait en elle. Les drames successifs qu'elle venait de vivre l'avaient laissée en proie au désespoir et à l'incertitude. Mais elle avait trop souffert des mois de dépression qui avaient suivi sa rupture avec Jarvis, pour ne pas être consciente des dangers qui la menaçaient. Tour à tour, ces sentiments adverses prenaient possession de son esprit, l'incitant au découragement ou l'inclinant au contraire, la seconde suivante, à un sursaut de vitalité.

A son arrivée en ville, la vue des magasins lui donna envie de rapporter un cadeau à son fils. En temps ordinaire, cette idée l'aurait enchantée. Ce jour-là, elle ne parvint à susciter en elle que d'amères réflexions. Sean se montrait de plus en plus exigeant sur le choix de ses jouets. Sans doute ne fallait-il voir là qu'un effet de son jeune âge. Cependant, si par malheur elle s'efforçait de le ramener à plus de modération, alors il avait coutume de la toiser de ce regard froid et méprisant qui lui confirmait chaque jour davantage qu'il était bien le fils de Jarvis Parradine.

Linsey exhala un léger soupir. Parfois, elle se prenait à regretter que Sean ne fût déjà plus un bébé. Il grandissait d'autant plus vite à son gré, qu'elle était persuadée de ne plus jamais avoir d'enfants. Pourtant, au moment même où cette pensée renaissait dans son esprit, elle croisa du regard son image dans une vitrine, et songea qu'elle était bien sotte de concevoir pareilles idées. Après tout, elle n'avait rien perdu de son charme à en juger par l'attitude des hommes sur son passage. Ce qui la surprenait en revanche, c'était le peu de cas qu'elle faisait de ces témoignages d'admiration. Peut-être qu'un jour... ou peut-être pas !... Qui sait ce que l'avenir réserve ?

A l'heure convenue, elle se rendit à l'étude de Me Frank pour s'entendre annoncer que le notaire avait été retenu par un autre client à l'autre extrémité de l'île et qu'il ne serait pas de retour avant une heure au moins. A contrecœur, la jeune femme dut accepter de repasser plus tard dans l'après-midi.

Tirant parti de ce contretemps, elle descendit au port pour s'assurer du départ de Jarvis. Nulle part elle ne vit trace du grand voilier. Pour plus d'assurance, elle s'approcha d'un groupe de pêcheurs et leur demanda s'ils avaient vu partir le yacht britannique.

— Oui, Miss, répondit le plus âgé d'entre eux. Il a levé l'ancre ce matin. Un bien beau bateau ! Il doit être loin à l'heure qu'il est...

Ainsi, Jarvis avait quitté l'île. Comme si elle ne parvenait pas à se résoudre à cette idée, Linsey se rendit au garage où le jeune homme avait loué sa voiture.

— Oui. M. Parradine nous a rapporté la voiture hier, assura un employé complaisant. Il a dit qu'il partait. Je n'en sais pas plus.

Linsey balbutia un vague remerciement et sortit de la petite boutique. Cette fois, aucun doute ne subsistait : Jarvis avait tenu parole. Plus jamais elle ne serait en butte à son arrogance et à sa cruauté.

Elle aurait dû bondir de joie à cette nouvelle, se réjouir de ce dénouement inespéré qui levait la menace pesant sur son fils et la rendait de nouveau maîtresse de sa propre existence. Pourtant, sans qu'elle pût en comprendre la raison, son cœur restait serré comme dans un étau et sa gorge nouée par une indicible mélancolie.

La jeune femme avala péniblement sa salive et reprit sa lente déambulation à travers la ville, s'efforçant de rejeter l'image obsédante de cet homme qu'elle avait autrefois aimé de toute son âme et qu'elle devait bannir à jamais de ses pensées et de ses rêves les plus secrets. Le temps refermerait la plaie béante qui déchirait encore son cœur. Il le fallait.

Brusquement, une voix familière la fit se retourner.

— Bonjour, Miss Parradine !

Linsey reconnut aussitôt Mark Lanier, l'un des fils de l'amie d'Harriet, et l'un de ses plus fervents admirateurs.

— Bonjour, répondit-elle sans enthousiasme.

Le jeune homme eut un geste résigné.

— On ne peut pas dire que ma présence vous réjouisse outre mesure !

Devant le mutisme embarrassé de son interlocutrice, il poursuivit :

— Vous venez d'arriver en ville ou vous vous apprêtez à repartir ?

— Je... ni l'un ni l'autre.

Après un temps, elle parvint à s'expliquer :

— Il me reste encore un peu de temps avant de retourner chez Me Frank.

— Décidément, je n'ai pas de chance ! Je dois rentrer à la maison pour accueillir un ami... j'ai promis à maman... j'aurais préféré vous attendre et vous raccompagner.

— Ne vous inquiétez pas pour moi, Mark. Je rentrerai en bus.

— Je sais ce que nous allons faire ! Je vous invite à prendre le thé et je rentrerai ensuite. Vous acceptez, n'est-ce pas ?

Il ne la quittait pas des yeux. Elle accepta sans trop de résistance, pour ne pas peiner son jeune soupirant, mais aussi pour se distraire l'esprit du souvenir de Jarvis. Ce ne fut qu'une fois installée dans le salon de thé qu'elle regretta de ne pas avoir su décliner cette invitation.

5

— Je vous ai aperçue au village hier matin, commença Mark sur un ton de conversation anodine. Vous montiez dans une voiture décapotable. Vous allez sans doute juger cette pensée étrange, mais figurez-vous que je me suis demandé si le conducteur n'était pas votre mari. Il est si rare de vous voir accompagnée... Et puis il m'a semblé reconnaître un certain air de parenté avec Sean.

« A quoi bon nier la visite de Jarvis », songea Linsey. Autant lui avouer la vérité, quitte ensuite à détourner la conversation sur un autre sujet. A aucun prix, Mark ne devait soupçonner que Jarvis Parradine ignorait tout de l'existence de son fils.

— Il s'agissait bien de mon mari. Il nous restait quelques détails à régler concernant notre divorce. C'est pourquoi il a profité d'une escale dans l'île pour venir me voir.

Une lueur passa dans le regard de Mark.

— Votre divorce ? Vous en avez fixé la date ?
— Non, pas exactement.

Mark vouait un trop grand respect à la jeune femme pour songer à forcer ses confidences. Aussi resta-t-il silencieux, se contentant de poser une main sur celle de sa compagne, dans un geste où se mêlaient la tendresse et la compassion. Elle fut si touchée de cette démonstration d'amitié, qu'elle n'eut pas le cœur de le repousser.

— Vous savez, Linsey, murmura-t-il après un temps. Ce divorce va changer beaucoup de choses. Vous connaissez mes sentiments. Une fois le jugement prononcé, il ne dépendra que de vous de devenir ma femme. Non ! ne répondez pas tout de suite... Je vous demande seulement de réfléchir à ma proposition... Plus tard nous en reparlerons. Peut-être estimerez-vous que je précipite le cours des événements, mais... Je vous aime, Linsey, et je n'ai pas de plus cher désir que de prendre soin de vous et de Sean.

Après le départ de Mark, Linsey demeura, indécise et songeuse, dans le calme feutré du salon de thé. Elle ne savait trop que penser des déclarations de son jeune soupirant. Mais, tandis qu'elle s'abandonnait à ses réflexions, un étrange sentiment prenait peu à peu possession de son âme. Pour la première fois depuis sa fuite d'Angleterre, il lui semblait qu'elle n'était plus maîtresse de son propre destin : en l'espace de quelques heures, deux hommes venaient de tracer pour elle les lignes d'un avenir rassurant, l'un en lui garantissant des revenus réguliers, l'autre en lui ouvrant le chemin de son cœur.

Après l'incertitude des dernières semaines, une porte s'entrouvrait dans les ténèbres de son existence. Curieusement, elle n'en éprouvait aucun soulagement réel. Sans qu'elle osât clairement se l'avouer, un lien plus fort que la haine l'unissait encore au souvenir de Jarvis. Quant à Mark, elle savait que ses sentiments à son égard n'iraient jamais au-delà de la simple amitié. Certes elle n'avait recueilli de l'amour qu'injustice et souffrance. Devait-elle pour autant céder aux exigences de la raison et engager sa vie vers un avenir où le cœur n'avait pas sa place ?

L'après-midi était déjà bien entamée lorsque Linsey se présenta, pour la seconde fois, à l'étude de maître Frank. Le notaire, un homme d'apparence froide et austère, lui fit signer plusieurs papiers concernant la succession d'Harriet et l'informa de sa situation. Le tableau était plutôt sombre. Comme elle s'y attendait, la disparition de la vieille dame ne lui laissait aucun droit sur la villa. Elle n'avait d'autre alternative que de régler le bail au plus tôt, faute de quoi le propriétaire exigerait son départ dans un délai de trois semaines.

Linsey quitta l'étude, plus démoralisée que jamais. Trop désemparée pour songer à rentrer chez elle, elle erra sans but à travers les rues de Port-Louis, s'efforçant vainement de rétablir un semblant de cohérence dans la confusion de ses pensées.

Jusqu'à cette brève entrevue avec Maître Frank, elle n'avait pas véritablement mesuré l'abîme de solitude dans lequel la laissait la mort d'Harriet. Confrontée à une suite d'événements tragiques, elle avait réagi au coup par coup, avec une sorte de fatalisme amer. Mais à présent, il lui fallait bien regarder la réalité en face. D'ici peu, le propriétaire de la villa allait lui signifier son congé et elle se retrouverait seule, sans argent, sans même un endroit où loger. Son mari lui avait bien promis une pension et quoi qu'il en coûtât à sa fierté, elle ne pouvait désormais se permettre de la refuser. Mais qui sait quand cet argent arriverait ? Et suffirait-il à couvrir les frais qu'exigeait l'éducation de son enfant ? Seule, elle aurait toujours trouvé le moyen de subsister. Mais avec Sean ?

En son for intérieur, la jeune femme commençait à regretter d'avoir caché à Jarvis l'existence de son fils. Quel que fût son ressentiment à son égard, avait-elle le droit de priver le petit garçon des avantages que n'auraient pas manqué de lui offrir la situation et la fortune de son père ? Certes, il était encore temps de faire appel à Jarvis. Elle savait où le joindre. Mais c'était alors courir le risque de perdre ce fils qui représentait son unique raison de vivre. Pouvait-elle consentir pareil sacrifice ?

Le sentiment de l'obscurité naissante interrompit soudain le fil de ses réflexions. Tout à sa douloureuse méditation, elle n'avait pas vu le jour céder peu à peu la place au crépuscule. Déjà, au-dessus d'elle, la nuit commençait à étendre ses ombres sur un ciel encore rougi par les reflets mourants du soleil couchant. Inquiète, elle pressa le pas. Mais en vain : quand elle arriva à la gare routière, le dernier bus venait de quitter la capitale. La mort dans l'âme, elle dut se résoudre à prendre un taxi, songeant avec un pincement au cœur, au précieux argent que sa négligence allait lui faire gaspiller.

En poussant le portail de la villa, la jeune femme eut aussitôt le pressentiment d'un nouveau drame, à la vue de Musetta qui accourait à sa rencontre, en roulant de grands yeux affolés.

— Madame ! Sean s'est enfui et je ne le retrouve plus !

Linsey sentit un frisson glacé courir le long de son dos.

— Enfui ? répéta-t-elle comme si elle ne parvenait pas à saisir toute la portée de ce mot. En êtes-vous certaine ? Il n'est pas caché à l'intérieur de la maison ?

— Non Madame, il n'est pas là. J'ai regardé partout.

De grosses larmes roulaient sur les joues de la nurse. Linsey dut faire un violent effort pour ne pas céder à la panique.

— Quand vous êtes-vous rendu compte de sa disparition ? A quelle heure ?

— Je... je ne sais pas. hoqueta Musetta. J'étais en train de préparer son souper, comme tous les soirs, mais quand j'ai appelé il... personne n'a répondu. Je me suis précipitée dans sa chambre... mais il n'y était pas. Depuis, je n'ai pas cessé de le chercher.

— Il est pourtant bien quelque part, insista la jeune mère d'une voix mal assurée. Etes-vous allée voir sur la plage ?

— Oui, j'ai pris la torche et j'ai marché le long du rivage, loin, très loin. Je ne sais pas exactement jusqu'où. Comme je ne le trouvais pas, j'ai pensé qu'il valait mieux venir chercher du secours. Je suis passée par la villa et c'est là que vous êtes arrivée.

— Il est peut-être au village...

— Non, je ne crois pas. Il a dû être bouleversé en ne vous voyant pas descendre du dernier bus. Et dans ces cas là, il préfère la solitude à la compagnie des autres enfants.

Linsey ne put que s'incliner devant cet argument. Il fallait bien se rendre à l'évidence : Sean avait réellement disparu. Quand cette brutale certitude se fit jour dans son cerveau, elle fut sur le point d'éclater en sanglots. Mais elle parvint à se ressaisir à temps. Musetta, livide, les yeux hagards, était sur le point de s'effondrer. Si Linsey à son tour s'abandonnait au désespoir, plus personne ne serait en mesure de mener les recherches. Or, pour l'heure, une seule chose importait : retrouver l'enfant.

— Musetta, fit-elle d'une voix qu'elle voulait impérieuse. Ce n'est pas le moment de faiblir. Je ne vous rends pas responsable de ce qui vient d'arriver. Je connais Sean et je sais qu'il n'est pas toujours très docile. Je sais aussi l'affection que vous lui portez. C'est pourquoi je vous demande de m'aider.

— Je pourrais peut-être vous être utile ?

Le sang de Linsey se glaça dans ses veines. Sans qu'aucun signe ne pût le laisser présager, Jarvis venait de surgir des ténèbres et il fixait sur elle un regard tranquille et nonchalant. Après la terrible nouvelle, cette apparition inattendue était plus que la jeune femme n'en pouvait supporter.

— Non ! hurla-t-elle dans un accès de fureur incontrôlable. Non, va-t-en ! Tu n'as rien à faire ici. Pourquoi es-tu revenu ?

Le jeune homme continuait à la dévisager, impassible.

Pas un trait de sa physionomie ne s'était altéré sous cet assaut rageur.

— Peu importe la raison de ma présence ici, fit-il posément. Ce n'est ni l'heure ni l'endroit d'en discuter. Un sujet autrement plus grave nous préoccupe. Ne parliez-vous pas d'un enfant disparu ? Le fils de cette dame, je présume...

Linsey sentit ses jambes se dérober sous elle. Elle tentait de fixer le visage de Jarvis mais un terrible vertige l'en empêchait. Cependant, son cerveau continuait à fonctionner normalement. A l'évidence, Jarvis avait l'intention de se joindre aux recherches. Par une ironie du sort, c'était au moment même où Sean disparaissait que son père était le plus près de découvrir son existence. Certes, il ne soupçonnait pas encore sa véritable identité. Mais qu'adviendrait-il s'il venait à se trouver en sa présence ? Il fallait à tout prix l'écarter, se débarrasser de lui avant qu'il ne soit trop tard.

— Je... je te remercie de ta gentillesse, articula-t-elle avec effort. Mais ce petit garçon est coutumier de ce genre de fugue et... nous finissons toujours par le retrouver. Il n'y a pas lieu de s'inquiéter. Nous n'avons pas besoin de ton aide.

Puis, d'une voix éteinte :

— Je t'en supplie, Jarvis, va-t-en. Laisse-moi. Je ne veux plus jamais entendre parler de toi.

Le regard du jeune homme se durcit, mais il ne laissa rien paraître de ses sentiments.

— Je ne partirai pas d'ici avant que l'enfant ait été retrouvé, fit-il simplement.

Comprenant qu'il ne servait à rien d'insister, la jeune femme prit la torche électrique des mains de Musetta et lui ordonna de rester à la villa. La pauvre nurse était trop désemparée pour leur être d'une quelconque utilité. En outre, il fallait que l'une d'elles demeurât sur place pour guetter un éventuel retour de Sean. Dans son cerveau agité, Linsey songea confusément qu'il n'y avait aucun mal à faire passer le petit garçon pour le fils de Musetta : Sean serait bientôt retrouvé et Jarvis partirait sitôt les recherches terminées. La jeune femme ignorait encore la raison de sa brusque réapparition, mais elle restait persuadée que plus rien ne pouvait le retenir dans l'île.

« Quand nous aurons découvert la cachette de Sean, se dit-elle en son for intérieur, je m'empresserai de le monter dans sa chambre. » La nuit était noire et il serait bien étonnant que Jarvis surprenne la ressemblance qui existait entre lui et l'enfant.

Certes, ce plan n'allait pas sans risque. Mais avait-elle le choix d'agir différemment ? D'ailleurs, l'heure n'était plus aux tergiversations. Prenant Jarvis par surprise, elle pivota sur ses talons et se mit à courir en direction de la plage, aussi vite que ses jambes le lui permettaient. Mais à peine avait-elle franchi quelques mètres que le jeune homme la rattrapait.

— Pourquoi faut-il toujours que tu agisses comme une enfant ? interrogea-t-il d'un ton cassant.

Comme elle restait muette, le visage tendu et les yeux égarés, il abandonna son attitude revêche et prit calmement la direction des opérations.

— As-tu une idée de l'endroit où il peut se trouver ? Quand les enfants décident de se cacher, ils choisissent en général des lieux bien particuliers.

Linsey secoua la tête d'un air impuissant.

— Je ne sais pas. Nous devrions commencer par la plage. Il fait très sombre. Musetta peut très bien être passée à quelques mètres de lui sans le voir.

La jeune femme gardait les bras raides le long de son corps. Tout en parlant, elle songeait que Sean pouvait être blessé et que peut-être, dans les ténèbres hostiles, il l'appelait à son secours.

Pourtant, ils eurent beau arpenter le rivage sur toute la longueur de la baie, Sean demeurait introuvable. S'il avait été sur la plage, le faisceau blanchâtre de la lampe électrique l'aurait fait surgir de l'ombre. Désespérée, Linsey se tourna vers Jarvis. Seule la pensée de son fils en danger occupait désormais son esprit.

— Il y a des grottes non loin d'ici. Mais il sait qu'elles sont dangereuses. Il n'a pas le droit de s'y rendre seul.

— Il n'en faut généralement pas plus pour encourager un petit garçon à partir à l'aventure. Allons jeter un coup d'œil sur ces grottes interdites.

— Tu crois ?

Il la considéra d'un air pensif.

— Ecoute, Linsey. Je comprends que la vie de cet enfant puisse compter pour toi. Mais je t'en prie, reprends-toi. Tu tiens à peine sur tes jambes.

La jeune femme ne put articuler un seul mot. S'il avait pu savoir à quel point elle était attachée au petit garçon disparu !

— Quel âge a-t-il ? questionna Jarvis en suivant son épouse sur le sentier sablonneux qui conduisait aux cavernes taillées dans le roc.

— Trois ans.

— Il ne s'agit donc pas d'un bébé. Nous devrions l'appeler. S'il ne voit pas la lumière, il peut à coup sûr nous entendre crier.

La jeune femme obéit sans plus attendre et son appel déchira le silence de la nuit.

— Sean... !

Elle ne savait plus si la voix que lui renvoyait l'écho des cavernes était bien la sienne. C'était un son rauque et perçant à la fois, semblable au hurlement d'un animal blessé.

— Sean ! Sean !

Aux termes d'interminables recherches, ils trouvèrent l'enfant dans une excavation profonde à demi immergée dans la mer. Il était allongé sur la saillie d'un rocher escarpé que les vagues venaient frapper dangereusement. Linsey pâlit à la pensée qu'il aurait fort bien pu se noyer.

— Sean !

Le petit garçon releva aussitôt la tête et vit sa mère plonger, sous le coup d'une impulsion irraisonnée, dans la petite étendue d'eau qui les séparait. Jarvis imita la jeune femme mais ce fut elle qui, la première, saisit l'enfant entre ses bras. Sean, trop affaibli pour parler, baissa la tête et blottit son petit corps tremblant contre la poitrine de Linsey.

— Tu vas bien, mon chéri ? fit-elle, la gorge serrée.
— Oui, souffla l'enfant. J'ai eu très peur, tu sais.

Un sanglot déchirant étouffa sa voix.

— Laisse-moi le porter, ordonna Jarvis en approchant les deux bras.
— Non, je peux très bien me tirer d'affaire sans toi.

Elle s'agrippait avec frénésie à son fils.

— Linsey !
— Non !

Elle le serra si fort entre ses bras que l'enfant gémit faiblement. Mais Linsey ne l'entendit pas.

— Jarvis, je t'assure que je suis capable de le porter. Tu as été très gentil de nous aider. Je t'en remercie. Mais cette histoire est terminée. Il serait plus sage que tu regagnes Port-Louis maintenant.

— On dirait que tu as hâte de te débarrasser de moi !

Linsey comprit qu'il n'avait pas l'intention de se laisser renvoyer aussi facilement. Et, tandis qu'ils prenaient le chemin du retour, elle se mit à prier intérieurement pour que Sean ne fût pas blessé et qu'elle pût le mettre au lit dès leur arrivée à la villa. Ainsi, Jarvis n'aurait pas le loisir de poser les yeux sur son visage.

Malheureusement, dans sa précipitation, elle trébucha et, avant qu'elle ait eu le temps de comprendre ce qui lui arrivait, Sean lui était fermement retiré des bras.

— Allons, Linsey, relève-toi. Je m'occupe de l'enfant.

Ces mots, prononcés sans le plus petit accent de sympathie, mirent la jeune femme au comble du désespoir. Un cri étouffé jaillit de ses lèvres, mais déjà Jarvis avait repris sa marche, sans plus se préoccuper d'elle. Tant bien que mal, elle parvint à se redresser sur ses jambes tremblantes et à lui emboîter le pas, manquant à chaque instant de chuter à nouveau et de perdre sa trace.

Dieu merci, le visage de Sean était dissimulé contre la poitrine de son père. Aux abords de la villa, ils rencontrèrent Musetta qui, accompagnée de son fiancé, guettait désespérément leur arrivée. A la vue du petit groupe, elle leva les bras au ciel, en signe de soulagement.

— Oh, le petit démon ! s'écria-t-elle, les yeux embués de larmes. Vous l'avez retrouvé ! Donnez-le moi, Monsieur.

Jarvis la considéra avec mépris.

— Je l'ai amené jusqu'ici : je peux fort bien le conduire jusqu'à la maison. Sachez tout de même qu'il se trouvait dans une grotte. Il pourrait tout aussi bien être noyé à l'heure qu'il est.

Jarvis restait persuadé que Sean était le fils de Musetta et il s'adressait à elle comme à une femme irresponsable, manquant à tous ses devoirs de mère. La jeune indigène, quant à elle, devait songer qu'il la sermonnait parce qu'elle avait failli à son rôle de nurse. En toute autre circonstance, Linsey eût éclaté de rire devant un tel quiproquo. Mais pour l'heure, son cerveau fonctionnait à toute allure. Coûte que coûte, il fallait éviter qu'une maladresse de la nurse n'éveillât les soupçons de Jarvis. Laissant le jeune homme prendre un peu d'avance, elle attira Musetta à l'écart.

— Je sais que vous aviez prévu de sortir ce soir, lui dit-elle. Allez-y, je vous en prie. Je saurai bien m'occuper de Sean sans votre aide. Vous avez eu votre compte d'émotions pour la journée.

— Mais... mais cet homme, Miss Linsey ! Vous le

connaissez ? Je ne l'ai jamais vu par ici. Son visage ne m'est pas totalement inconnu mais...

— N'ayez aucune crainte, je me débrouillerai avec lui. D'ailleurs, il ne va pas tarder à partir.

Pendant que la jeune femme se perdait en explications confuses, Jarvis atteignait la porte d'entrée. Sean, toujours collé contre sa poitrine, commençait à s'agiter et à réclamer sa mère à grands cris.

— Elle arrive, jeune homme, fit Jarvis en se dirigeant tout droit vers la cuisine. Mais ne t'inquiète pas. Tu n'as rien à craindre avec moi.

— Je ne voulais pas m'enfuir, sanglota doucement le petit garçon. Je voulais seulement aller un peu plus loin que d'habitude...

— Tu es sain et sauf, calme toi. Tu vois bien que personne ne songe à te gronder...

— Je vais m'occuper de lui, lança Linsey en faisant irruption dans la pièce.

Elle venait à grand-peine de se débarrasser de Musetta et de son fiancé. Dieu merci, Sean était recouvert de sable des pieds à la tête, ce qui le rendait à peu près méconnaissable.

Sans accorder la moindre attention aux propos de la jeune femme, Jarvis installa l'enfant sur une chaise, près de l'évier. Son regard erra du visage blême de Linsey au vestibule désert.

— Où est-elle ? demanda-t-il à brûle-pourpoint.

— Qui ? Musetta ?

Linsey détourna la tête pour fuir les yeux de son compagnon.

— Elle... elle est sortie...

— Quelle drôle de mère ! Tout cela me dépasse...

Il haussa les épaules dans un geste de résignation, puis, sourd aux protestations de la jeune femme, il emplit un bol d'eau chaude et fit mine de s'emparer d'une serviette de coton.

— Ne te donne pas cette peine, Jarvis. Tu vois, il n'est pas blessé. Tout juste quelques égratignures. Je saurai bien le soigner moi-même. Je... je crois qu'il vaudrait mieux que tu nous laisses maintenant. Nous nous reverrons peut-être à Port-Louis un autre jour...

Elle essaya de lui prendre le récipient des mains mais, à cet instant, leurs regards se croisèrent et une tension insupportable envahit subitement la pièce. On eut dit que le temps venait de s'arrêter.

Sean, sensible à ce climat tendu, commença à geindre faiblement pour attirer l'attention sur lui. Une brève réprimande de Jarvis eut raison de son impatience. Le petit garçon se tut et baissa la tête.

— Voilà qui est mieux ! approuva Jarvis, soudain radouci.

Sur ces mots, il trempa la serviette dans l'eau et se mit à frotter les joues de l'enfant. Linsey était vaincue. Paralysée, elle voyait le sable disparaître de la petite figure, révélant des traits en tout point semblables à ceux de Jarvis. Par chance, l'éclairage était faible. La ressemblance lui échapperait peut-être.

— J'espère que cela te servira de leçon, jeune homme, fit-il d'une voix où se mêlaient la sévérité et l'amusement. Si ta soif d'aventures te reprend un jour, attends que ton père soit disposé à t'accompagner...

Quelque chose dans cette remarque dut intriguer le petit garçon, car il leva sur son sauveteur de grands yeux perplexes. Linsey comprit aussitôt que le jeu était terminé. Jarvis, immobile, ne soufflait mot, mais son regard fixe et ses traits décomposés trahissaient assez l'intensité de ses sentiments. Un lourd silence emplit la pièce.

Enfin, après une attente qui parut durer des siècles, la voix du jeune homme déchira l'atmosphère, comme un coup de fouet.

— Il est à moi !

Son visage était blême, sa respiration haletante.

— Cet enfant est à moi ! C'est mon fils !

Il était inutile d'essayer de nier la vérité. Le drame que la jeune femme avait toujours appréhendé était en train de se jouer. Quels arguments allait-elle invoquer pour sa défense ?

— Maman ?

Linsey répondit spontanément à cet appel, en prenant la main du petit garçon. Et ce geste marqua pour Jarvis plus qu'une victoire, un aveu incontestable. Tout dans son attitude révélait la colère et la rancœur. On eût dit qu'il n'attendait qu'un mouvement, qu'une parole, pour se jeter sur elle et assouvir sa fureur. Mais pouvait-elle blâmer la violence de sa réaction ? Quel être humain aurait pu demeurer impassible devant pareille révélation ? Pendant des années il avait été tenu dans l'ignorance de sa propre paternité. Et il ne devait qu'au hasard d'en être aujourd'hui informé. Les circonstances mêmes de cette découverte ne lui autorisaient-elles pas tous les excès ?

Pourtant, le jeune homme parvint à se contrôler. Après avoir longuement étudié le visage de Sean, il se détacha comme à regret de sa contemplation et leva sur son épouse un regard vide de toute expression.

— Tu n'as pas vraiment répondu à ma question.

— Oui, Jarvis, Sean est bien ton fils.

Les gémissements de l'enfant vinrent rompre le silence qui avait suivi cette terrible confession. Le petit garçon réclamait à boire et suppliait sa mère de le mettre au lit. Elle interrogea son mari du regard.

— Oui, emmène-le. Il tombe de sommeil. Et puis la discussion que nous allons avoir ne saurait souffrir la moindre interruption.

Le jeune homme avait définitivement pris les choses en main. Pas une seule fois, au cours des minutes qui suivirent, il n'essaya de s'interposer entre elle et l'enfant.

Mais tout le temps que durèrent les préparatifs du coucher, il demeura attentif aux moindres faits et gestes de sa femme. Songeait-il, au seuil du petit réduit où il l'avait suivie, à la chambre somptueuse qu'il aurait été en mesure d'offrir à son fils, au manoir de Worton ?

Sean avait du mal à garder les yeux ouverts. A peine allongé, il battit des paupières et murmura d'une voix ensommeillée :

— Pardonne-moi, maman. Je suis parti trop loin...

La fin de sa phrase se perdit dans le rythme paisible de sa respiration. Pour la première fois depuis le début de la soirée, Linsey éprouva un réel soulagement. Son fils était sain et sauf. A le voir si pâle et si délicat dans son petit lit, elle sentit son cœur fondre. Mais la voix de Jarvis la ramena brutalement à la réalité.

— Je crois que l'heure des explications a sonné, Linsey.

Il avait parlé sans colère, mais ses paroles résonnèrent comme une menace aux oreilles de la jeune femme.

— Et si nous attendions demain ? supplia-t-elle tout en se méprisant elle-même pour son manque de courage.

— Non !

Il secoua la tête avec mépris et l'entraîna sans ménagement vers le salon. Là, elle s'effondra sur un canapé et, recroquevillée sur elle-même à la manière d'un animal traqué, elle attendit ses questions.

— Pourquoi ne m'as-tu jamais rien dit ?

Il n'avait visiblement pas l'intention de se perdre en propos inutiles.

— Au sujet de Sean ? fit-elle pour gagner du temps.

Jarvis ne chercha pas à dissimuler son agacement.

— Ecoute, Linsey. L'heure n'est plus aux plaisanteries. Nous ne sortirons pas de cette pièce tant que tu ne m'auras pas expliqué clairement les raisons de ton attitude. Pendant toutes ces années, j'ai ignoré l'existence de mon fils. Je croyais que tu avais perdu le bébé que tu portais en toi...

— J'ai failli le perdre en effet.

Elle releva le menton et ajouta presque sauvagement :

— Par ta faute, Jarvis, par ta f...

— Ma faute ? Comment oses-tu proférer pareille accusation ?

« Et cette autre femme, l'as-tu oubliée ? fit une voix en elle. Et ces soirées que tu passais au-dehors ? Et ces nuits interminables où tu dormais à mes côtés, sans jamais me prendre dans tes bras ? »

— C'est ton état nerveux qui a provoqué... ou plutôt qui a fait supposer une fausse couche. Je veux bien admettre qu'il n'en était rien. Mais comment un praticien aussi réputé a-t-il pu commettre une telle erreur de disgnostic ?

— Jarvis, rappelle-toi ! supplia la jeune femme. Le docteur n'a jamais affirmé que l'enfant était perdu. Il a simplement exprimé ses craintes. Mais tu ne l'as même pas écouté jusqu'au bout...

— J'avais un rendez-vous urgent. Tu étais bien au courant !

— Que signifie un rendez-vous d'affaires auprès de...

— Peut-être reconnaîtras-tu un jour que tous ces rendez-vous servaient à financer les dépenses futiles auxquelles tu avais pris goût coupa-t-il froidement.

Linsey laissa échapper un profond soupir. Elle n'avait ni la force ni l'envie de se lancer dans une semblable discussion.

— Quoi qu'il en soit, tu étais de nouveau absent lors de la visite suivante. Absent lorsque le docteur Jardine m'a annoncé que la grossesse avait repris son évolution normale.

— Et tu ne m'en as rien dit ! hurla-t-il en la saisissant violemment par l'épaule. Tu t'es enfuie avec la ferme résolution de ne jamais revenir. Ose prétendre le contraire !

Ses yeux luisaient comme deux tisons ardents.

— Pourquoi m'as-tu privé de mon enfant, Linsey ? Parle, je suis en droit de savoir !

6

Une tension insoutenable régnait dans la pièce. Tel un fauve prêt à bondir sur sa proie, Jarvis attendait sa réponse, fixant sur elle un regard d'une intensité presque inhumaine.

— Je... je pensais qu'il ne restait plus rien de notre amour, articula-t-elle après un temps. Et je ne voulais pas que tu te sentes obligé de me garder à cause du bébé.

La jeune femme rougit de ce mensonge. Mais pour rien au monde, elle ne lui aurait avoué le véritable motif de sa fuite. Elle était trop fière pour dévoiler ouvertement ses sentiments. Jamais il ne devait savoir que, le jour où elle l'avait surpris dans les bras de sa maîtresse, elle venait à lui, le cœur gonflé d'espoir et d'amour, pour lui annoncer que leur enfant était sauvé.

— J'étais persuadée que tu te remarierais aussitôt après mon départ.

— As-tu déjà vu un homme marié à deux femmes à la fois ?

Linsey fit mine d'ignorer l'ironie contenue dans cette remarque.

— Tu m'as toi-même expliqué que tu pouvais obtenir le divorce sans difficulté, pour abandon de domicile conjugal. C'était aussi l'avis d'Harriet...

— Ton amie semble avoir exercé sur toi une très forte influence !

— Je lui ai souvent demandé conseil, c'est vrai. J'étais seule et désemparée. Il ne me restait plus qu'elle au monde.

Le visage de Jarvis se durcit imperceptiblement.

— Tu es donc arrivée à l'île Maurice, tu t'y es installée confortablement et... et quelques mois plus tard, tu accouchais d'un enfant, mon fils, sans même songer à m'informer de sa naissance...

— Tu me l'aurais enlevé ! s'exclama-t-elle avec horreur. Harriet...

— Oui ? encouragea-t-il d'un ton doucereux. Qu'a donc dit notre chère Harriet ?

— Je... rien...

Puis, après un instant d'hésitation :

— Mais elle n'avait pas tort n'est-ce pas ? Tu me l'aurais pris ?

— Naturellement.

Ce fut comme si la foudre venait de tomber aux pieds de la jeune femme. Cette affirmation froide et cruelle n'avait pourtant rien de surprenant. Depuis toujours, elle savait que si Jarvis venait à découvrir la vérité, il n'hésiterait pas à lui ravir l'enfant.

— Sean m'appartient, Jarvis. Et rien ne pourra m'en séparer. J'irai devant les tribunaux s'il le faut.

Il eut un ricanement sinistre.

— Les tribunaux ! Voyons, Linsey, jamais tu n'obtiendras gain de cause. Te rends-tu compte de ce que je suis en mesure d'offrir à mon fils en comparaison de la vie misérable qu'il mène ici ?

— Mais je suis sa mère ! On ne peut pas m'enlever la garde de mon enfant.

Sa voix se fit suppliante.

— Je l'aime, Jarvis. Il est toute ma vie. Si tu savais

comme j'ai souffert de le mettre au monde seule, sans un père pour le choyer et le protéger.

— Si mes souvenirs sont exacts, c'est toi, et toi seule, qui m'a privé de ce privilège. Car si j'avais eu la moindre idée de ce qui se déroulait, le jour de ton accouchement, j'aurais accouru jusqu'ici, prêt à oublier le passé et à tout te pardonner.

Un long silence les enveloppa. Comme elle eût aimé revenir en arrière, tirer un trait sur les trois années écoulées et sourire à une existence nouvelle, loin de l'angoisse et de l'incertitude présentes !

— Pourquoi es-tu revenu ce soir ? questionna-t-elle soudain. Je croyais que tu avais quitté l'île.

Une lueur flotta dans le regard du jeune homme.

— Cela t'étonnera peut-être, mais c'est ton comportement sur le yacht hier, qui a éveillé mes soupçons.

— Qu'ai-je donc fait de si étrange ?

— Tu t'es pliée, sans véritables résistances, à toutes mes exigences. Voilà ce qui m'a intrigué. D'autant que tu ne semblais guère plus désireuse que moi de renouer nos liens charnels...

Linsey étouffa le cri d'indignation qui jaillissait de ses lèvres. Sans pitié, il poursuivit :

— As-tu vraiment cru que j'avais envie de ton corps ?

La jeune femme était trop bouleversée pour feindre l'indifférence. La gorge nouée, elle demanda :

— Alors pourquoi ce chantage, ces menaces ?

Jarvis se racla la gorge.

— Quand je t'ai invitée à déjeuner à bord, tu as paru si effrayée, que j'ai commencé à me poser quelques questions. Par la suite, ta nervosité, ta hâte à vouloir quitter le navire n'ont fait qu'exciter ma curiosité. Il me semblait que tu agissais ainsi par crainte de me dévoiler un secret important de ton existence. C'est pourquoi j'ai monté cette petite mise en scène.

— Tout cela n'était donc qu'une comédie ? interrogea Linsey, les joues en feu.

Il haussa froidement les épaules.

— Disons qu'il s'agissait d'un moyen comme un autre d'obtenir des informations.

— Alors tu... tu ne me désirais pas réellement ?

Ses lèvres s'étirèrent en un sourire cruel.

— Ni plus ni moins que n'importe quelle femme de ton âge et de ta beauté.

Cette révélation lui fit l'effet d'un coup de poignard. Comme elle avait été naïve d'imaginer qu'une ombre de sentiment pût subsister dans le cœur du jeune homme ! Touchée au vif dans son orgueil, elle parvint cependant à dissimuler sa détresse.

— En tout cas, tu n'as jamais soupçonné la véritable raison de mon attitude, répliqua-t-elle sèchement.

Il secoua la tête en signe de dénégation.

— J'ai cru qu'il s'agissait d'un autre homme. Je pensais que tu avais menti en prétendant que tu n'avais pas d'amant. Et cela me mettait hors de moi. En réalité, c'était pour Sean que tu t'inquiétais...

— Oui, admit-elle d'un ton neutre. Pas un instant, je n'ai cessé de penser à lui, et à ce qui se produirait si tu venais à découvrir son existence.

Elle esquissa un geste de lassitude.

— Aujourd'hui tu sais tout. Mais tu n'as toujours pas répondu à ma question. Pourquoi es-tu revenu ?

— Ma curiosité restait insatisfaite, fit-il les sourcils froncés. J'ai longtemps hésité et puis je me suis finalement décidé à mener une petite enquête.

— Décidément, on dirait que tu as manqué ta vocation. Depuis ton arrivée, tu n'as cessé de jouer aux détectives.

— Il fallait bien m'y résoudre, puisque tu me refusais toute confidence. Je dois avouer que je ne suis pas mécontent du résultat.

— Tu as dû beaucoup t'amuser, observa-t-elle d'une voix chargée d'amertume. D'abord, tu as fait croire à tout le monde que tu partais...

— Je n'ai rien fait croire du tout. J'ai simplement ordonné à mon équipage de prendre le large pour quelques jours. Je voulais rester seul sur l'île pour enquêter plus discrètement sur ton compte.

Linsey demeurait persuadée qu'il avait simulé son départ à dessein, afin d'endormir sa méfiance.

— Eh bien que t'a appris ta surveillance ? Car j'imagine que tu n'as pas cessé de m'espionner ?

La jeune femme ne cherchait plus à dissimuler sa colère. Jarvis, de son côté, semblait prendre un malin plaisir à la provoquer.

— J'ai vu un homme t'enlacer dans un salon de thé.

— La belle découverte ! Cet homme s'appelle Mark Lanier, c'est l'un de mes plus proches voisins, et il n'a fait que prendre ma main... pour me consoler. Mais rassure-toi : il n'est pas devenu mon amant pour autant !

— Tant que tu seras ma femme, répliqua-t-il d'un ton menaçant, je ne permettrai à personne de se comporter avec toi de cette façon.

Elle n'osa lui avouer que Mark lui avait adressé une demande en mariage. Comme si un seul avertissement suffisait, Jarvis changea brusquement de sujet.

— Parlons de Sean, maintenant. J'ai encore du mal à croire que je suis père. Tout cela a été si... brutal ! Quoi qu'il en soit, il passe désormais sous ma responsabilité. Je l'emmène avec moi.

Depuis le début, elle savait qu'il prononcerait ces paroles. Elle aurait voulu sortir de cet horrible cauchemar, mais la réalité était là, incontournable. Un sursaut de révolte l'anima.

— Jamais, tu m'entends, jamais je ne te laisserai prendre mon fils ! Je suis tout à fait capable d'assumer seule son éducation.

Jarvis accueillit ces paroles avec une moue ironique.

— En es-tu certaine ? Où prendras-tu l'argent ? Ton amie Harriet t'aurait-elle laissé un quelconque héritage ?

Linsey fit non de la tête.

— Et cette maison, poursuivit-il sans pitié. Elle t'appartient ?

— Non.

— Et pourtant tu l'habites. Qui paye le loyer ? Ce monsieur Lanier ?

— Je... non, personne. Le propriétaire nous expulsera sous peu.

Linsey se mordit les lèvres. Cet aveu la trahissait, elle se sentit perdue.

— Et où iras-tu ?

— Je n'en sais rien.

En dépit de tout son sang-froid, Jarvis ne parvint à cacher sa stupeur.

— Quoi ? Tu veux dire que tu n'as nul endroit où aller ? Pas d'argent, pas de maison... as-tu au moins des moyens de subsister ?

Comme elle eût aimé répondre par l'affirmative à l'une de ses questions !

— Je suis à la recherche d'un emploi. En fait c'est pour cette raison que j'étais à Port-Louis aujourd'hui. Je vais me présenter dans tous les grands hôtels de la ville. Je suis certaine de trouver quelque chose.

Il la toisa insolemment des pieds à la tête.

— Nul doute qu'un directeur affable et prévenant serait heureux de louer tes services... Mais qui veillera sur Sean ?

— Musetta. Elle s'est toujours occupée de lui.

Cette fois, il laissa errer un regard presque injurieux sur le dessin arrondi de sa poitrine.

— Je ne vois qu'un métier qui puisse te rapporter suffisamment d'argent pour assurer l'entretien de trois personnes.

Ivre de rage et d'indignation, Linsey répondit aux insultes par la provocation.

— Et pourquoi pas après tout ? Cela vaudrait mieux que de confier mon enfant à un être aussi cruel et insensible que toi !

Une ombre passa dans le regard de Jarvis. Un instant, il fut sur le point de réagir. Puis il se ravisa et parut se plonger dans ses pensées. Quand il reprit la parole, sa voix avait recouvré son calme habituel.

— Allons, Linsey, cessons ce petit jeu. Sean vient avec moi... et toi aussi, si tu acceptes...

— Moi ?

La colère de la jeune femme s'évanouit comme par enchantement.

— Tu... tu n'es pas sérieux...

— Ai-je l'air de plaisanter ?

Linsey avait peine à croire à cette proposition. Etait-il concevable qu'il lui offrît de reprendre la vie commune ? Son cœur cessa soudain de battre et une vague de bonheur souleva sa poitrine. Mais, aussitôt, elle se ressaisit : il y avait trop de haine et trop de griefs entre eux, pour qu'ils puissent raisonnablement envisager de retrouver une vie de couple normale.

Elle leva les yeux sur son interlocuteur et fut surprise de ne plus y rencontrer aucune trace de ressentiment ni de mépris. A la fois étonnée et encouragée par ce changement d'attitude, elle murmura :

— Tout cela est si inattendu ! Je... es-tu certain de ne pas précipiter un peu trop le cours des événements ?

Linsey savait que son avenir dépendait des minutes qui allaient suivre.

— Il m'arrive de me tromper, fit-il un peu sèchement. Mais je pense avoir raison de prendre cette décision. Il serait inhumain de priver Sean de ton affection. Mieux vaudrait, pour l'instant du moins, oublier nos divergences et nous efforcer de vivre ensemble.

— Ensemble ?

Leurs regards se croisèrent.

— Disons plutôt, l'un près de l'autre. Avec le temps, peut-être...

Il laissa sa phrase en suspens, comme pour la rendre plus suggestive. Après la pénible tension qui avait accompagné le début de leur entretien, l'atmosphère semblait soudain devenue plus respirable. Au prix d'efforts sans doute considérables, Jarvis avait su maîtriser sa colère et aborder avec plus de sérénité la situation créée par l'incroyable révélation. Sa proposition était-elle pour autant dénuée de toute arrière-pensée ? La jeune femme devait-elle s'abandonner en toute confiance à ce surprenant accès de générosité ?

— Linsey ?

Il avait retrouvé son masque de sévérité.

— Les décisions que tu as cru devoir prendre par le passé ne nous ont guère été bénéfiques, à l'un comme à l'autre. Néanmoins, je ne voudrais pas te forcer à un choix trop hâtif. Nous reparlerons de tout cela demain matin, à tête reposée. Il faut cependant que tu saches que ta décision engagera notre avenir à tous trois. Après, il sera trop tard pour changer d'avis.

Linsey dut reconnaître le bien fondé de ces paroles. Elle avait besoin de réfléchir en toute tranquillité. Spontanément, tout l'inclinait à accepter la proposition de son mari. Mais elle le savait retors et habile, capable des manœuvres les plus diaboliques. Il semblait jouer la carte de la tolérance. Ne nourrissait-il pas en réalité quelque secret dessein destiné à assouvir sa vengeance ?

Elle approuva d'un léger signe de la tête et dit :

— Très bien. Je vais me coucher. Tu loges à Port-Louis ?

— Oui, dans un hôtel du port. Mais je préférerais passer la nuit ici.

Linsey sentit le rouge monter à ses joues.

— Oh, mais...

— Dans cette maison, pas avec toi, précisa-t-il dans un mince sourire. Pas ce soir du moins... En fait, je pensais à la chambre de ton amie. Elle est libre, n'est-ce pas ?

— La chambre d'Harriet ? Je... oui, bien sûr, mais... mais je suis sûre que ton hôtel est bien plus confortable que...

— Linsey !

Le jeune homme commençait à perdre patience.

— J'ai en tête des préoccupations autrement plus importantes que le confort d'une chambre d'hôtel. Que cela te plaise ou non, je dormirai dans cette maison. Tu ne vas tout de même pas te montrer aussi stupide que le soir de notre nuit de noces !

Comment osait-il faire ressurgir de si pénibles souvenirs ? Sans souffler mot, elle le conduisit dans l'ancienne chambre d'Harriet et gagna son lit, d'une démarche mal assurée. Là, sans prendre la peine de se déshabiller, elle s'allongea et resta un long moment les yeux grands ouverts dans la pénombre, s'efforçant de chasser les tristes pensées qui s'insinuaient peu à peu dans son esprit. L'évocation du supplice qu'avait été leur lune de miel ne pouvait qu'accroître sa détresse. D'autres sujets, plus préoccupants, réclamaient son attention. Sean, par exemple. Comment réagirait-il en apprenant que Jarvis était son père ? Serait-il heureux de partir pour l'Angleterre ? Mais pouvait-on être heureux auprès d'un homme aussi tyrannique et intransigeant que Jarvis Parradine ?

Tout à fait malgré elle, Linsey fut alors projetée plusieurs années en arrière, jusqu'à ce matin où Jarvis l'avait appelée pour lui annoncer leur mariage. Ce coup de téléphone était la dernière chose à laquelle elle s'attendait, car depuis longtemps déjà, elle avait perdu tout espoir de jamais le revoir. A dater de ce jour, les événements s'étaient succédés à une vitesse effroyable. Jarvis n'avait rien laissé au hasard. Il était entré dans son existence comme une véritable tornade, balayant tout sur son passage, faisant fi de ses réserves et des objections de ses parents, dépensant des sommes inouïes pour une cérémonie grandiose et fastueuse.

Cette journée à la fois merveilleuse et épuisante, Linsey ne l'oublierait jamais. Pas plus qu'elle ne parviendrait à effacer de sa mémoire le malaise de la nuit qui avait suivi. La jeune femme n'était pas prête pour ce mariage. Dans l'ardeur de ses dix-huit ans, elle s'était violemment éprise de cet homme riche et séduisant, mais sans jamais parvenir à discerner clairement ses sentiments. Elle n'avait pas compris qu'il la désirait du plus profond de son être, et que pour la posséder corps et âme, il était prêt à tout. Dans sa naïveté, elle avait confondu chez Jarvis l'amour et la passion, la tendresse et le désir.

Quatre années n'avaient pas suffi à oblitérer de sa mémoire le souvenir du premier acte charnel qui avait scellé leur union. Quatre années durant lesquelles, son esprit avait conservé, telle une vision infâmante, l'image de cet homme impatient et brutal, qui n'avait pas hésité à malmener l'innocence de sa jeune épouse.

Linsey se rappelait dans ses moindres détails le déroulement de leur nuit de noces. Sitôt franchi le seuil de la luxueuse villa louée pour leur lune de miel, Jarvis l'avait entraînée dans la chambre nuptiale et avait appliqué sur ses lèvres tremblantes un baiser plein d'une ardeur fiévreuse. Alors, telle une enfant apeurée, elle avait fui son étreinte et s'était réfugiée dans la salle de bains, sous prétexte de se délasser des fatigues de la journée. Profitant de ce bref répit, elle essayait patiemment de retrouver ses esprits, quand Jarvis avait fait irruption dans la pièce, pour la retirer sans ménagement de la baignoire.

— Jarvis, non ! Jarvis, je t'en prie ! Laisse-moi au moins passer ma robe...

— C'est parfaitement inutile, avait-il répliqué.

— Tu ne crois tout de même pas que je vais dîner dans cette tenue ?
— Qui a parlé de dîner ?
— Mais il est tard, j'ai faim !

Il la maintenait prisonnière entre ses bras robustes, le visage crispé, un sourire étrange au coin des lèvres.

— Moi aussi j'ai faim, Linsey. Faim de toi, de ton corps...

Elle décela dans son regard une flamme qu'elle ne lui connaissait pas. Terrifiée, déçue par la tournure que prenaient les événements, la jeune femme se sentit gagnée par le désespoir. Elle aussi avait désiré Jarvis, elle aussi avait rêvé de l'instant où leurs deux corps s'uniraient dans un même élan de tendresse et d'amour... La réalité était bien différente, et elle voyait ses illusions d'adolescente s'effondrer une à une, la laissant tremblante et désemparée, à la merci d'un homme que seul le désir semblait animer.

— Ne me repousse pas, Linsey. Tu as accepté de devenir ma femme. Je ne serai pas le jouet de tes caprices.
— Il... il ne s'agit pas de cela, articula-t-elle au bord des larmes.

Elle tentait de dissimuler sa détresse, mais ses paupières humides ne firent qu'accroître la fureur de Jarvis.

— Alors pourquoi cette comédie ? Ce matin, nous nous sommes mariés. Cette nuit tu seras mienne et nous serons unis à jamais par les liens de la chair.

Sur ces mots, il l'embrassa farouchement et l'emporta jusqu'à la chambre. Là, il la déposa sans ménagement au travers du grand lit et s'allongea près d'elle, le corps tendu, les yeux brillants de désir.

Un geste, un simple mot d'amour de la part de la jeune épouse eurent peut-être suffi à apaiser l'emportement de Jarvis. Mais pas un son ne parvint à franchir la barrière de ses lèvres.

Sans égard pour sa jeunesse, il avait alors pris brutalement possession de son corps. Elle s'était vainement débattue contre la force virile de cet homme enflammé par la recherche du plaisir, sans parvenir ni à le repousser ni à maîtriser l'éveil de ses propres sens. Tout en luttant contre l'exaltation de son mari, elle avait senti confusément son corps répondre à des caresses jusqu'à ce jour inconnues. Puis le monde avait cessé d'exister...

Le lendemain matin, Jarvis s'était excusé pour sa conduite et pour sa ferveur mal contenue. Mais la jeune femme n'avait pas cru à la sincérité de son remords. Ainsi, dès le premier jour de leur vie commune, tous les espoirs de bonheur, tous les rêves et toutes les illusions de Linsey s'étaient brisés, à la manière d'un vase de cristal trop pur et trop fragile. Elle n'avait découvert que trop tard la réalité des sentiments de son mari. Cet amant passionné et éperdu de désir n'avait pas une seule fois prononcé un mot d'amour. Et jamais il ne lui avait accordé la plus petite marque de tendresse ou d'attachement. Et voilà que quatre ans plus tard, elle se voyait dans l'obligation de retourner vivre à Londres, auprès de lui... pour le bien d'un enfant qu'il ne chérirait peut être pas davantage !

Allongée sur le sable, l'esprit égaré dans cet écheveau de pensées amères, Linsey surveillait d'un œil distrait les évolutions de Sean sur la plage. Jarvis s'était rendu à l'aéroport de Plaisance, pour accueillir à sa descente d'avion, la nouvelle nurse du petit garçon. Comme par le passé, il avait pris en main le destin de son entourage et avait organisé le départ de l'île dans les moindres détails. La nouvelle venue serait directement conduite à bord du yacht, où la mère et l'enfant la rejoindraient le lendemain, quittant à jamais le village qui avait vu naître le petit garçon. La villa serait rendue à son propriétaire, et une page de la vie de Linsey serait tournée.

Aurait-elle encore un mot à dire sur l'éducation de son

enfant ? Rien n'était moins sûr. Jarvis lui avait clairement laissé entendre qu'il serait seul à décider de l'avenir de son fils. Mais ce qui meurtrissait le plus le cœur de la jeune femme, c'était la facilité avec laquelle Jarvis avait conquis l'attachement de Sean. Ce dernier était en admiration devant son père et ne cessait de le réclamer dès qu'il venait à s'absenter.

— Bonjour, Linsey !

La voix claire de Mark vint rompre le fil de ses réflexions.

— Il y a bien longtemps que vous ne m'avez donné de vos nouvelles. Vous m'aviez pourtant promis une petite visite.

— Je... je suis navrée, Mark, s'excusa la jeune femme dans un pâle sourire.

Sean jouait à quelques mètres d'eux, mais il n'avait pas remarqué l'arrivée de Mark. Elle pria le jeune homme de s'asseoir à ses côtés et tenta, sans trop de détails, de le mettre au courant de la situation.

— C'est impossible ! s'exclama-t-il avec indignation. Vous ne pouvez pas retourner vivre auprès de lui !

— Il le faut, Mark. Pour Sean... Comprenez-moi, je vous en supplie !

— Linsey ?

L'appel de Jarvis la fit sursauter. Depuis quand était-il sur la plage ? Avait-il surpris les confidences qu'elle venait de faire à Mark ?

— Je... je ne t'attendais pas si tôt, Jarvis.

Sans daigner répondre, il se mit à fixer avec insolence le visage de Mark.

— Eh bien, pourquoi ne me présentes-tu pas à ton ami ?

Linsey s'exécuta de mauvaise grâce, tout en s'efforçant de calmer les battements précipités de son cœur. Les deux hommes s'adressèrent un bref salut. Mark semblait au comble de l'embarras. Jarvis, lui, n'avait rien perdu de son aplomb.

— Vous jugerez peut-être mon attitude un peu cavalière, monsieur Lanier, mais je n'ai pas trouvé le temps de faire la connaissance des amis de Linsey. Et comme nous partons demain, je crains de ne pouvoir combler cette lacune...

Plus pâle que le marbre, Mark se tourna précipitamment vers Linsey.

— Vous partez demain ? balbutia-t-il, incapable de dissimuler son désarroi.

La jeune femme opina silencieusement de la tête. Elle vit les poings de Mark se serrer et les muscles de ses mâchoires saillirent sous l'effet d'une violente émotion.

— Je voudrais vous parler en tête à tête, Linsey.

— J'ai bien peur que cela ne soit impossible, glissa Jarvis posément.

Linsey crut bon d'intervenir à son tour :

— Il nous reste encore beaucoup de préparatifs avant notre départ. Mais quoi qu'il en soit, je ne partirai pas sans embrasser votre mère. Elle a toujours été si gentille avec moi...

Comme s'il s'avouait vaincu, Mark haussa tristement les épaules et déclara d'un air abattu :

— Maman organise un cocktail ce soir, Linsey. J'étais venu vous prier d'y assister. Naturellement, ajouta-t-il avec raideur, l'invitation s'adresse aussi à votre mari...

Linsey s'attendait de façon certaine à un refus. Aussi, quelle ne fut pas sa surprise de voir Jarvis s'incliner et répliquer de sa voix la plus mondaine :

— Pourquoi pas ? Si votre mère a été une amie de Linsey, monsieur Lanier, je ne voudrais pas manquer l'occasion qui m'est donnée de la saluer et de la remercier !

7

Peu après huit heures ce soir-là, Linsey et Jarvis quittèrent la villa pour se rendre chez les parents de Mark. Assis l'un près de l'autre dans la puissante voiture de sport louée par le jeune homme, ils se taisaient. De temps à autre, les phares des voitures circulant en sens inverse projetaient sur eux un halo de lumière vive qui faisait surgir de l'ombre deux masques sombres et tendus. A la faveur d'un de ces éclairs, Jarvis jeta un coup d'œil furtif en direction de sa compagne.

— Tu aurais pu choisir une tenue plus élégante pour cette soirée d'adieux !

Mesurait-il toute la méchanceté de ses paroles ? Ce n'était même pas certain. L'argent n'avait plus aucune valeur à ses yeux. Ce n'était tout au plus qu'un accessoire indispensable aux affaires et favorable au plaisir. Pour la jeune femme au contraire, ce mot évoquait trois années de sacrifices et de privations où l'usage de ses maigres ressources était allé à la satisfaction du strict nécessaire, bien plus qu'à l'achat de toilettes somptueuses ou de bijoux. La robe de cotonnade vert pâle qu'elle portait ce soir-là, elle l'avait confectionnée de ses propres mains, avec les restes d'une ancienne robe d'Harriet. Une broche de pacotille posée à la pointe de son décolleté apportait une note de fantaisie à l'austérité de sa tenue. Cependant, ni la simplicité de sa mise ni son absence de maquillage ne parvenaient à altérer l'éclat rayonnant de sa beauté.

— Je me demande comment ce jeune homme distingué a pu t'exhiber sans honte dans les soirées mondaines de Port-Louis, insista cruellement Jarvis.

— Rassure-toi, il n'a pas eu à subir souvent pareil affront ! Crois-tu qu'une jeune mère seule et sans argent puisse facilement se mêler aux activités de la bonne société ? En te quittant, j'ai renoncé à ce genre de distractions, Jarvis. Et en fait de mondanités, je n'ai guère cessé de m'occuper de Sean depuis trois ans.

Il haussa les sourcils en signe d'étonnement.

— Tu ne me feras pas croire qu'un enfant de son âge requiert des soins aussi attentifs...

— Alors pourquoi as-tu jugé utile de louer les services d'une nurse ? Au demeurant, l'engagement de Miss Smith me semble parfaitement inutile. Sean peut fort bien se passer d'elle.

— En es-tu certaine ? Tu viens en fait d'apporter une nouvelle preuve de ton égoïsme, Linsey. C'est toi, et toi seule, que la venue de cette femme dérange. Parce qu'elle remet en cause ton rôle auprès de notre enfant.

En son for intérieur, la jeune femme dut admettre qu'il n'avait pas tout à fait tort. Mais elle n'avait pas encore livré le fond de sa pensée.

— Avoue que j'ai tout lieu d'être inquiète. Pendant trois ans, j'ai assuré seule l'éducation de Sean, selon les principes qui me tenaient à cœur. Et tout à coup, deux inconnus surgissent dans son existence. Je suis en droit de m'interroger sur ses réactions. Et moi ? Que vais-je bien pouvoir faire de mon temps désormais ?

— Tu auras tôt fait de retrouver tes habitudes de femme du monde ! Si j'ai bonne mémoire, cette vie n'était pas pour te déplaire ?

Linsey ne répondit pas. Son avenir lui apparaissait

sous des dehors bien sombres. Certes, la présence de Miss Smith lui permettrait de goûter librement aux agréments de la traversée. Mais une fois en Angleterre, qu'adviendrait-il de son existence ? Parviendrait-elle à préserver un espace de liberté dans le monde froid et méticuleusement organisé de son mari ?

A l'instant où ils quittaient la route principale pour s'engager sur l'allée de graviers qui menait à la demeure des Lanier, la voix de Jarvis rompit le cours tourmenté de ses pensées.

— Dois-je te rappeler que nous devons former aux yeux de tous un couple parfaitement uni ?

Elle baissa la tête avec tristesse. Comment osait-il formuler pareille recommandation ? La méprisait-il à ce point ?

— Ne t'inquiète pas. Je ne suis pas venue dans l'intention de susciter les commérages ou de provoquer un éclat !

— Je te félicite de ces bonnes dispositions !

Il s'arrêta à proximité du perron et contourna l'avant du véhicule pour venir offrir son bras à son épouse.

— Quelle magnifique demeure ! observa-t-il d'un ton enjoué, comme si déjà il se glissait dans la peau du personnage qu'il allait composer devant leurs hôtes.

— Oui, magnifique, répéta la jeune femme avec ferveur.

La vieille maison de type colonial était bâtie à la manière d'un véritable château. Pourtant, malgré ses dimensions imposantes, elle conservait une allure délicate avec ses longues colonnades de marbre blanc, sa façade coupée de larges ouvertures, ses murs tapissés de feuillages grimpants, qui se dressaient au milieu d'un parc immense pris sous le feu de puissants projecteurs.

Sur une terrasse en arc de cercle qui prolongeait le côté droit du bâtiment, la réception battait son plein. Mark Lanier s'inclina devant les nouveaux arrivants et les escorta jusqu'à la maîtresse de maison. La ressemblance entre la mère et le fils était frappante : les mêmes traits, la même distinction, le même mélange de réserve et de gentillesse. Au grand soulagement de la jeune femme, Mme Lanier se déclara enchantée de faire la connaissance du père de Sean, mais s'abstint de toute question embarrassante. Pourtant, la venue de Jarvis ne pouvait manquer de l'intriguer, voire de l'irriter. Elle n'avait jamais caché sa sympathie pour la protégée de son amie, ni son espoir de la voir un jour mariée à son fils. Avec la complicité d'Harriet, elle s'était ingéniée, trois années durant, à favoriser le rapprochement des deux jeunes gens. Mais Linsey avait toujours refusé de se prêter à ce jeu, car si elle éprouvait une réelle affection pour Mark, elle savait aussi que leur relation ne dépasserait jamais le stade de la simple amitié.

Au cours de la soirée, Linsey fut contrainte d'ouvrir son cœur au jeune homme. Il l'avait entraînée sur la piste de danse et s'efforçait désespérément de lui arracher une vague promesse.

— Je préfère être honnête avec vous, Mark, avait-elle déclaré, les yeux emplis d'une émotion sincère. Je ne reviendrai plus jamais dans l'île.

Un instant, il avait semblé ne pas croire à la réalité de ces paroles. Puis, le visage blême, les lèvres exsangues, il avait titubé comme un homme ivre, et s'était fondu dans la foule, sans un mot de reproche ni de compréhension.

Un peu plus tard, Jarvis se frayait un passage parmi la nuée d'admirateurs qui entouraient son épouse.

— Il est temps que ces jeunes coqs comprennent que tu n'es pas disponible, lança-t-il en enroulant un bras autour de sa taille.

Linsey tenta faiblement de protester.

— Ce ne sont que de vagues connaissances...

— Des connaissances qui ne refuseraient pas de

devenir des amis, ou plus... Et ton attitude n'est pas faite pour les décourager !

La jeune femme feignit l'amusement.

— Quelle importance, puisque tu n'éprouves plus rien pour moi ?

Il inclina la tête et laissa errer un regard nonchalant sur la courbe de son décolleté.

— Nul homme n'est à l'abri du charme féminin. Tu es très désirable, Linsey. Plus encore peut-être que le jour de notre première rencontre.

Le rythme de son cœur s'accéléra lorsque les mains de Jarvis se mirent à glisser lentement le long de ses hanches.

— Sais-tu que depuis ton départ, je n'ai pas rencontré de femme aussi séduisante que toi ? murmura-t-il en taquinant de ses lèvres les joues enflammées de sa compagne.

— Jarvis, arrête, je t'en prie !

L'éclat métallique de ses yeux bleus démentait la sincérité de ses paroles. Linsey était persuadée qu'il se jouait d'elle.

— Tu préfères sans doute les attentions de ce cher Mark...

— Parfaitement ! Avec lui au moins, les mots ont un sens... Et puis sache qu'il m'a demandée en mariage ! ajouta-t-elle comme par défit.

Il eut un sourire amusé.

— Et tu as refusé ! Ma pauvre Linsey, tu viens de laisser échapper la chance de ta vie... Mais au fond, le destin ne fait pas mal les choses : avoue que cet homme te laisse parfaitement indifférente !

Linsey ne souffla mot, mais son mutisme fut plus révélateur qu'un véritable aveu. Le reste de la soirée s'étira, morne et ennuyeux, sans que rien ne parvînt à dissiper la mélancolie de la jeune femme. Minuit sonnait, quand enfin ils prirent congé de leurs hôtes. Jusqu'au dernier moment, elle avait espéré le retour de Mark, persuadée qu'en dépit de son chagrin, il ne la laisserait pas partir sans un ultime adieu. Mais le jeune homme demeura invisible. Et, tandis qu'ils reprenaient silencieusement le chemin de la villa, Linsey sentit une vague de tristesse inonder son cœur à la pensée de l'amitié qui venait de s'éteindre à jamais...

Le jour se levait à peine le lendemain matin, quand sonna l'heure du départ. Une fois la villa verrouillée et les bagages entassés dans le coffre de la voiture, arriva l'instant que Linsey appréhendait entre tous : il lui fallait maintenant prendre congé de Musetta, se séparer à jamais de cette jeune femme chaleureuse et dévouée qui avait été plus qu'une employée, une véritable amie. Les joues ruisselantes de larmes, les deux femmes s'embrassèrent longuement, en se promettant de ne jamais rester sans nouvelles l'une de l'autre.

Moins d'une heure plus tard, le bateau levait l'ancre. Accoudée à l'arrière du bâtiment, le regard voilé d'une indicible mélancolie, Linsey demeura un long moment à contempler les reliefs montagneux de l'île Maurice qui s'éloignait peu à peu, jusqu'à ne plus former qu'un point minuscule à l'horizon.

La traversée fut pour Sean une merveilleuse aventure. En l'espace de quelques jours, il visita sans trêve et avec une attention passionnée, la totalité du navire, sous l'œil bienveillant et amusé de Miss Smith. De la cale au pont supérieur, pas une pièce, pas une machine, n'échappa à sa curiosité. Nullement troublé par les changements intervenus dans sa jeune existence, il s'adaptait à merveille à son nouvel entourage et à ses nouvelles occupations.

Rares étaient les moments où il restait en compagnie de sa mère, et cette dernière en concevait parfois quelque amertume. Mais elle lui pardonnait bien vite son ingratitude d'enfant pour s'efforcer de profiter au mieux de l'agréable croisière qui lui était offerte. Elle passait des journées entières au bord de la piscine, allongée paresseusement au soleil, les yeux perdus dans l'azur infini du ciel.

Quand ses occupations lui en laissaient le temps, Jarvis venait se joindre à elle. Il se montrait aimable et souriant, sans jamais se départir de la courtoisie un peu distante qu'il affectait depuis leur départ de l'île. Agissait-il ainsi naturellement, ou par souci de préserver les apparences vis-à-vis de son équipage ? Linsey eût été bien incapable de répondre à cette question. Et, si parfois le regard du jeune homme s'attardait un peu trop longuement sur les contours féminins de sa silhouette à demi-nue, rien dans ses paroles ni dans son comportement ne laissait supposer qu'il éprouvât encore l'ombre d'un sentiment pour son épouse.

Un après-midi, comme ils étaient étendus l'un près de l'autre, l'esprit légèrement étourdi après un déjeuner au champagne, Linsey se sentit soudain replongée dans le passé. Combien d'années s'étaient écoulées depuis le jour où elle avait pour la première fois surpris Jarvis dans son sommeil ?

Au-dessus d'elle, les voiles se courbaient orgueilleusement sous le souffle paisible des alizés. Pas un bruit ne venait troubler la lente évolution du navire. Sur le pont désert, le temps paraissait suspendu. Elle se dressa sur un coude, et contempla le visage hâlé de son mari. Ses paupières étaient closes, et, sur ses lèvres, un imperceptible sourire adoucissait l'habituelle dureté de ses traits. Un étrange frémissement parcourut le corps de la jeune femme.

A cet instant, Jarvis entrouvrit un œil et rencontra son regard.

— Oui ? Tu voulais me parler ?

Les joues en feu, elle saisit vivement le plateau qu'un steward venait de déposer à leur intention.

— Le café refroidit, tu en veux ? Je... je ne savais pas si je devais te réveiller pour si peu...

— Il ne fallait pas hésiter, dit-il d'une voix traînante. Par un si bel après-midi, nous avons tous deux mieux à faire qu'à dormir. Qu'en penses-tu ?

Il venait de poser la main sur le ventre nu de Linsey. A son contact, elle eut un mouvement de recul, comme sous l'effet d'une piqûre.

— Eh bien, quelle nervosité ! Tu n'as pas peur de moi tout de même ?

Elle détourna précipitamment la tête.

— Non, je... j'ai été surprise, c'est tout...
— Vraiment ?

Un sourire amusé étirait les lèvres de Jarvis.

— Mais le premier choc doit être passé maintenant. Pourquoi restes-tu aussi contractée ?

Linsey eût tout donné pour qu'il abrège ce supplice. Loin de retrouver son sang-froid, elle sentait sa peau s'émouvoir à la limite du supportable. Sachant qu'elle ne pourrait maîtriser le vertige de ses sens, elle roula brusquement sur le côté, se redressa d'un bond et plongea aussitôt dans l'eau de la piscine.

Une délicieuse fraîcheur l'accueillit, apaisant la brûlure de sa chair. Mais cette sensation fut de courte durée. A peine avait-elle commencé à nager, qu'un regard pesant s'attachait à ses gracieuses ondulations. Elle n'eut pas besoin d'un coup d'œil derrière elle, pour savoir que les yeux de Jarvis avaient revêtu cet éclat presque animal qui trahissait chez lui l'intensité du désir. En vain, elle essaya d'ignorer l'examen outrageant dont elle était l'objet. On eût dit que son corps tout entier était sous l'emprise de deux puissants aimants qui resserraient inexorablement autour d'elle les limites de leur champ d'attraction.

Impuissante à résister à cette force invisible, la jeune

femme rejoignit en quelques brasses le bord du bassin et se hissa maladroitement sur le pont, consciente du spectacle qu'elle offrait dans son maillot deux pièces, si révélateur des charmes de son anatomie. Le visage de Jarvis affichait un sourire narquois. Mesurait-il l'ampleur du pouvoir mystérieux qu'il exerçait sur sa jeune épouse ?

À l'approche de cette dernière, il se leva tranquillement et s'empara du peignoir de bain qu'elle avait quitté quelques instants auparavant. Linsey tendit le bras. Sans paraître remarquer son geste, il contourna la baigneuse avec lenteur et déposa lui-même le vêtement sur ses épaules nues, tandis que ses doigts effleuraient machinalement sa peau humide.

— Tu retournes dans ta cabine ? murmura-t-il à son oreille.

— Oui.

— Je viens avec toi.

Linsey éprouva quelque difficulté à ne pas hurler son refus.

— Je n'en vois pas l'utilité, répliqua-t-elle avec une assurance qu'elle était loin de ressentir.

Le sourire de Jarvis s'élargit.

— Je suis le propriétaire de ce navire. Et le seul maître à bord. Je suis donc en droit d'inspecter quand bon me semble les appartements de mes passagers. Et j'ai le devoir de m'assurer de leur bien-être.

La jeune femme avait toutes les peines du monde à conserver la maîtrise de ses pensées.

— Je... je suis certaine que le steward n'aurait pas manqué de te signaler la moindre anomalie...

— Mais saurait-il me décrire la beauté de ton visage quand tu te réveilles le matin, à l'heure du petit déjeuner ? Ou me faire entendre le bruit de ta respiration la nuit, dans ton sommeil ? Non, décidément, il faut que je m'acquitte moi-même de cette tâche !

Linsey, le regard flamboyant, laissa éclater sa colère.

— Ecoute, Jarvis ! S'il s'agit d'une plaisanterie, sache que je ne l'apprécie guère. Par ailleurs, que les choses soient claires entre nous : tu n'as rien à faire dans ma cabine. Cela n'est jamais entré dans nos conventions...

— C'est que les termes de nos « conventions » sont restés très vagues, ma chère Linsey ! Je t'ai invitée à m'accompagner en Angleterre, et tu as convenu du bien fondé de ma proposition. Pour le reste, il n'a rien été résolu du tout.

— Je n'aurais jamais dû t'écouter, siffla-t-elle entre ses dents. Il aurait mieux valu que je fasse appel à un avocat !

le jeune homme eut un geste las de la main.

— Tu en avais le droit en effet. Mais admets une fois pour toutes que tu n'avais rien à gagner du verdict d'un tribunal. Aujourd'hui, tu vis auprès de ton fils. Que peux-tu espérer de plus ?

A bout d'arguments, la jeune femme se tut. Jarvis n'avait pas son pareil pour réduire à néant toutes ses protestations, et balayer d'un geste tous ses reproches. Elle n'était pas de taille à lutter contre lui. Sans lui laisser le temps de se ressaisir, il poursuivit avec calme :

— Revenons à l'essentiel de notre conversation. J'ai à te parler, Linsey. Allons dans ta cabine.

Elle secoua obstinément la tête.

— Linsey ! Ma patience a des limites ! Retourne dans ta chambre, je t'y rejoindrai dans quelques instants.

Cette fois, il avait parlé d'un ton sans réplique. Comprenant qu'elle ne gagnerait rien à susciter un nouvel affrontement, la jeune femme fit taire sa révolte et se retira sans mot dire.

Arrivée dans sa cabine, elle courut sous la douche, mais elle ne s'était pas séchée que déjà le pas de son mari résonnait dans la coursive. En toute hâte, elle passa un coup de peigne dans la masse opulente de ses cheveux et enfila un nouveau peignoir qui lui paraissait infiniment moins provocateur que le précédent. Elle ignorait à quel point la longue étoffe de couleur sombre mettait en valeur l'harmonie délicate de ses traits, la rendant tout aussi désirable que sa tenue de baigneuse.

Quand elle sortit de la salle de bains, elle vit Jarvis allongé sur son lit, les mains croisées derrière la nuque. Aussitôt, le souvenir de la scène odieuse qu'elle avait vécue sur le yacht quelques jours auparavant, lui revint en mémoire. La terreur la cloua sur place.

— Je... je te demande un instant, balbutia-t-elle, cherchant désespérément un prétexte pour lui échapper. Le temps de... de m'habiller correctement et...

D'un bond il se redressa et, avant qu'elle ait eu le temps de mettre son dessein à exécution, il l'attrapait par le poignet et l'attirait dans la pièce.

— Ne te donne pas cette peine, Linsey.

Il relâcha son étreinte et poursuivit :

— Viens t'asseoir. Tu es très bien ainsi, et je puis t'assurer que je saurai garder mes distances.

Il avait revêtu un pantalon de toile claire et sa chemise, largement ouverte sur sa poitrine, laissait apparaître les lignes félines de son torse musclé. En dépit de sa frayeur, Linsey demeura un moment sous le charme de sa présence virile. Puis, s'éloignant de lui aussi vivement que s'il avait été le diable en personne, elle fit mine de s'asseoir sur le fauteuil de sa coiffeuse. Mais Jarvis avait prévenu son geste. De nouveau il la rattrapa, et l'obligea à prendre place à ses côtés, sur le lit.

— Reste ici, et essaie de prouver que tu es capable toi aussi de conserver ton sang-froid.

— En voilà assez ! s'écria-t-elle dans un brusque accès de colère. Qu'attends-tu de moi, Jarvis ? Si tu as vraiment quelque chose à dire, parle. Sinon, cesse de te moquer de moi. Mon désarroi t'amuse-t-il à ce point ?

Il lui jeta un coup d'œil étrange, comme surpris de cette volubilité soudaine.

— Il y a bien longtemps que tu as cessé de m'amuser,

Linsey. Je voulais simplement t'informer de mes projets. Sean et Miss Smith regagneront l'Angleterre avant nous. Ils prendront l'avion à l'aéroport de Nice. Des amis doivent embarquer dès notre arrivée sur la Côte d'Azur. Le bateau est grand, mais nous aurons besoin de toutes les chambres.

Le cœur de la jeune femme s'était arrêté de battre. Que devait-elle penser de ces nouvelles dispositions ? Fallait-il y voir un signe supplémentaire de la duplicité de Jarvis ? Jamais il ne lui avait laissé entendre qu'elle aurait à se séparer de Sean avant la fin de la traversée. Elle avala péniblement sa salive.

— C'est ton yacht, j'en conviens, ce sont tes amis aussi mais... mais tu n'aurais pas pu te passer de leur compagnie, pour une fois ! Tu m'as déclaré que tu voulais rattraper le temps perdu et apprendre à connaître ton fils. Et voilà que tu l'envoies à...

— Ce rendez-vous était convenu de longue date, coupa-t-il sèchement. J'ai déposé ces gens à l'aller et il était entendu que nous ferions le voyage du retour ensemble. Rien ne pouvait me laisser supposer alors, que je reviendrais avec femme et enfant...

Linsey rougit de sa propre maladresse.

— Pardonne-moi, j'ai parlé sans réfléchir... Mais si tu n'y vois pas d'inconvénient, je rentrerai en Angleterre avec Sean.

— Malheureusement, j'y vois un inconvénient majeur ! Tu es mon épouse, jusqu'à preuve du contraire, et ta place est auprès de moi. Mes amis trouveraient étrange de te voir disparaître sitôt après ta longue absence...

— Je suis bien certaine que tes amis se soucient peu de mon existence, soupira la jeune femme dans un haussement d'épaules.

— Détrompe-toi, Linsey ! Certains restent même persuadés que je me suis tout bonnement débarrassé d'une épouse encombrante.

Elle garda le silence. Jamais elle n'aurait songé que Jarvis pût faire l'objet de soupçons aussi absurdes. Mais après tout, que lui importait le jugement de personnes qui lui étaient pour la plupart inconnues ? Elle revint à sa principale préoccupation.

— Je ne puis laisser Sean partir seul avec sa nurse. Il serait perdu sans moi. Il n'a jamais vécu à Londres, ni dans aucune grande ville.

— Ma mère s'occupera de lui. Il logera chez elle jusqu'à notre arrivée. Plus tard, nous l'emmènerons à la campagne. Je suis sûr qu'il s'accoutumera bien vite à Worton.

— Il faudra être difficile pour ne pas se plaire au manoir, murmura-t-elle presque malgré elle.

— Enfin une réflexion sensée ! Il faut cependant que tu saches que vous ne mènerez pas en Angleterre une existence aussi libre qu'à l'île Maurice. J'espère que tu me comprends ?

Linsey ne savait trop que penser de ces paroles. S'agissait-il d'un avertissement, d'une menace voilée, ou d'une simple constatation destinée à tempérer d'excessives illusions ?

— La vie que j'ai eue là-bas avait aussi ses inconvénients, fit-elle prudemment. Il m'arrivait parfois de m'ennuyer.

— Tu sais, tu ne trouveras guère plus à faire à Worton, observa-t-il d'un air songeur. Dans des circonstances disons plus... plus normales, nous aurions pu envisager d'agrandir notre famille... Cela t'aurait apporté une agréable occupation.

Elle baissa les yeux pour dissimuler son embarras.

— Je... je voudrais apprendre un métier. De cette façon, après notre divorce, je serai capable de subvenir à mes besoins, sans avoir à recourir sans cesse à ta générosité.

Jarvis ne souffla mot. Cependant, elle ne put se résoudre à mettre un terme à leur conversation sur tant de sujets non résolus.

— Tu souhaites ce divorce, n'est-ce pas ?

— Oui et non, répondit-il après une longue hésitation. Une femme peut être utile à bien des points de vue.

— Je croyais que tu voulais te remarier, insista Linsey, trop stupéfaite pour relever ce que cette remarque avait de désobligeant.

— Je ne suis pas pressé.

— Ton... ton amie sera également d'accord pour attendre ?

Elle n'avait pu contenir la question qui lui brûlait les lèvres. Un instant, Jarvis parut ne pas comprendre le sens de ses paroles. Puis un bref sourire détendit ses traits.

— Entre amis, il existe toujours un moyen de trouver un arrangement ! Et à ce propos, tu ne crois pas que si nous décidions nous-mêmes de vivre bons amis, les choses s'en trouveraient grandement facilitées ?

Linsey avait de plus en plus de mal à concevoir clairement la réalité dans son cerveau embrouillé. Avec Jarvis, une relation fondée sur des rapports amicaux lui paraissait inconcevable. Ils ne pouvaient pour autant passer leur temps à se haïr ou à s'ignorer totalement. Si au moins elle avait été certaine de ses sentiments ! Mais à ce jour, elle eût été incapable d'exprimer ce qu'elle ressentait réellement pour son mari. Parfois, il lui semblait que c'était de la haine et du mépris. A d'autres moment, une émotion indéfinissable inondait son cœur, et, en dépit de toutes ses résistances, ses lèvres murmuraient alors le mot d'amour. Quand à l'amitié qu'il lui offrait, elle ne serait jamais qu'une vaine convention, ou qu'une simple accalmie avant la tempête.

Pourtant, sa proposition allait dans le sens d'un

compromis possible. En outre, pouvait-elle refuser sans risquer de perdre son enfant ?

— Si je vis à Worton, commença-t-elle lentement, comme en cherchant ses mots, et si tu consens à demeurer à Londres, je... je pense que nous pourrons entretenir des relations convenables.

— Tu ne t'imagines tout de même pas que nous allons vivre séparés !

Une expression d'impatience se lisait dans son regard.

— Je rentrerai au manoir tous les soirs, Linsey. Parfois même, je ne le quitterai pas de la journée. Et certains soirs enfin, j'aurai besoin de ta présence à Londres...

— Moi ? Mais pourquoi ?

— Pour tenir ta place d'hôtesse dans les nombreuses réceptions que je suis contraint de donner. Si mes souvenirs sont exacts, tu remplissais jadis ce rôle à merveille.

La jeune femme se mordit la lèvre inférieure.

— Et si je refusais ?

Il la considéra d'un air énigmatique.

— Tu en as parfaitement le droit. Mais à ta place, je réfléchirais à deux fois avant de prendre une telle décision...

8

Brusquement, sans qu'elle comprît elle-même les raisons de cette impulsion subite, Linsey sut qu'elle ne rejetterait pas la proposition de Jarvis. Il lui apparaissait tout à coup que sa fuite avait été une erreur monstrueuse, que sa place était à Worton, entre son fils et l'homme qui avait semé la vie en elle. Elle ne savait pas très bien vers quel avenir elle s'engageait, mais elle était convaincue d'une chose : quelles que soient les épreuves qu'elle aurait à affronter, elle ferait tout pour renouer les fils d'une existence commune, meurtrie par trois longues années de séparation, et donner à son fils la chance de grandir au sein d'un foyer uni.

— Réfléchis bien, répéta Jarvis. Et assure-toi que ton cœur n'est à aucun autre. Je sais que tu as depuis longtemps cessé de m'aimer. Mais une fois que tu seras établie à Worton, je n'aurai peut-être plus le désir de t'en laisser partir.

Elle aurait voulu crier ses certitudes nouvelles, lui témoigner sa foi en leur bonheur prochain, mais sa gorge nouée lui refusa ce service.

— Il n'y a pas d'autre homme dans ma vie, articula-t-elle avec effort. J'irai à Worton.

Jarvis se leva lentement, l'air songeur, et s'éloigna de quelques pas.

— Je dois te quitter, Linsey. J'ai du travail. Nous nous reverrons plus tard.

— Jarvis ? appela la jeune femme comme il s'apprêtait à sortir de la pièce. Tu ne m'as rien dit de ces amis qui vont voyager avec nous jusqu'en Angleterre. Je les connais ?

— J'en doute. Ils se trouvaient à l'étranger à l'époque de notre mariage. Leur nom ne te dira rien : Anthony et James Forsyth, deux frères, mariés, sans enfants.

— Tu as raison, fit-elle comme leurs deux regards se croisaient. Je ne me souviens pas d'eux.

Il hocha silencieusement la tête et quitta la pièce sans se retourner.

Les jours qui suivirent s'écoulèrent dans une atmosphère beaucoup plus détendue. Jarvis consacrait désormais l'essentiel de son temps à son fils et à son épouse. Quand ils eurent atteint la côte italienne, les escales se firent plus fréquentes. Pas un jour ne se passait, sans que le jeune homme n'ordonnât à son équipage de jeter l'ancre au large d'une des innombrables stations balnéaires qui parsèment le littoral méditerranéen. Ils revenaient de leurs promenades à terre, fourbus mais le regard encore plein des splendeurs qu'ils venaient de découvrir. Parfois, Jarvis renvoyait Miss Smith et son petit protégé à bord, et entraînait la jeune femme dans des restaurants où chaque mets était un ravissement pour l'œil et pour le palais.

Linsey goûtait avec un enthousiasme sans cesse croissant au charme de ces excursions. Souvent, dans la solitude de sa cabine, elle se surprenait à espérer que cette croisière n'eût jamais de fin. Les angoisses et les inquiétudes des derniers mois s'estompaient lentement de son esprit, et elle recouvrait, chaque jour un peu plus, une insouciance et une vitalité qu'elle croyait disparues à jamais. La vie avait cessé de lui apparaître comme un tunnel sans fin, et, chaque matin, elle se levait d'humeur joyeuse, impatiente de découvrir ce que la journée qui débutait allait lui réserver de surprises et de gaieté.

Jarvis devait retrouver ses amis à Menton. La veille de ce rendez-vous, le navire accosta dans le port de Nice. Une heure plus tard, Sean et Miss Smith étaient conduits à l'aéroport et déposés dans le premier avion en partance pour Londres.

Une fois cette douloureuse mission accomplie, les deux jeunes gens regagnèrent le yacht et s'habillèrent pour la soirée. Ils dînèrent à Menton, dans un hôtel luxueux, situé le long d'une avenue bordée de palmiers, de sycomores et d'orangers.

Linsey portait la robe blanche que son mari lui avait offerte quelques heures auparavant, comme pour la consoler du départ du petit garçon. Elle était taillée dans une étoffe légère, parsemée de dorures étincelantes, qui s'harmonisaient à ravir avec le long sillon argenté de ses cheveux.

Après le dîner, Jarvis entraîna sa compagne sur une terrasse construite en avancée sur les eaux bruissantes de la baie, et que les pâles reflets de la lune baignaient d'une douce clarté. Un orchestre invisible égrenait les mesures langoureuses d'une valse lente. Tout prêtait au bien-être et à la rêverie. Pourtant, Linsey restait étrangère à la magie de cette soirée. Une seule image occupait ses pensées : celle de Sean. Jamais elle n'avait été séparée du petit garçon et elle tremblait d'angoisse à son sujet.

Que faisait-il à cet instant ? Comment avait-il réagi au choc de la séparation ? Pendant plus d'une semaine, Jarvis l'avait préparé à cette perspective, en lui expliquant patiemment qu'il allait devoir prendre l'avion jusqu'à Londres, sans sa mère. L'enfant n'avait manifesté aucun signe d'inquiétude, harcelant au contraire son père de questions sur sa nouvelle grand-mère et son appartement londonien. Cependant, au moment du départ, il s'était agrippé désespérément à la jeune femme, et il avait fallu toute la gentillesse et tout le tact de Miss Smith pour le convaincre de monter dans l'appareil.

A l'évocation de cette pénible scène, Linsey sentit les larmes poindre à ses paupières. Elle les essuya d'un revers furtif de la main.

— Quelque chose ne va pas ? interrogea Jarvis dont le corps souple et svelte semblait guider la cadence de l'orchestre, tant il évoluait avec aisance sur la piste de danse.

— Je ne puis m'empêcher de penser à Sean.

— Tu n'as pas à t'inquiéter. Il est entre de bonnes mains.

— Je sais, mais... nous n'avons jamais été séparés l'un de l'autre.

Une indicible angoisse serrait le cœur de Linsey.

— Cela devait arriver un jour, pour votre bien à tous deux. Et cela se reproduira. Il faudra que tu t'y fasses, Linsey. Tu as été une mère pendant plus de trois ans. Pourquoi n'essaierais-tu pas dorénavant d'être une épouse ?

Elle fit mine d'ignorer ce qu'elle prenait pour de l'ironie.

— Ton rôle de mère a absorbé toute ta personnalité, insista le jeune homme. Ce n'est pas une bonne chose...

— S'occuper de son enfant n'a rien de condamnable ! coupa-t-elle, indignée.

Elle voulut se libérer de son étreinte.

— Calme-toi, Linsey. Tu comprends très bien ce que je veux dire. Ne te montre pas plus naïve que tu ne l'es !

Elle se tut, et, les lèvres tremblantes, le visage empreint d'une expression de profonde tristesse, tenta sans grand succès de suivre le rythme que lui imposait son cavalier. Jarvis, constatant l'abattement qui s'était soudain emparé d'elle, la reconduisit à leur table et commanda une bouteille de champagne.

— A notre nouvelle vie ? s'écria-t-il pour tenter de la dérider.

Elle le considéra d'un regard morne et leva machinalement son verre, acceptant les unes après les autres les coupes emplies de ce vin pétillant qui dissipait dans une brume apaisante, les craintes et les incertitudes de sa nouvelle existence.

Soudain libérée de son angoisse, elle se mit à bavarder gaiement, étonnée du changement qui venait de s'opérer mystérieusement en elle, et riant de sa propre insouciance, d'un rire qui résonnait étrangement à ses oreilles. Jarvis l'écoutait attentivement, une ombre de sourire figée au coin des lèvres. Quand, pour la seconde fois, il l'entraîna sur la piste de danse, elle se laissa faire docilement, et ce fut elle qui encouragea l'étreinte de leurs deux corps ondoyants. Alors, il lui sembla qu'un nuage se mettait à flotter sous ses pieds et que le monde tout entier était emporté dans un gigantesque tourbillon, au centre duquel elle tournoyait sans fin.

Quand elle reprit contact avec la réalité, elle jeta un regard incertain autour d'elle et reconnut avec étonnement le pont du voilier. Par quel miracle était-elle arrivée jusque-là ? Aucun souvenir ne vint l'éclairer. Son cerveau flottait dans un délicieux vertige, à mi-chemin entre le rêve et la conscience.

Une ombre se dessina tout à coup derrière elle.

— Bonsoir, Jarvis, murmura-t-elle d'une voix traînante. Je vais me coucher...

Mais à cet instant, le navire fut légèrement soulevé par le reflux des vagues. C'était plus que l'équilibre précaire de son corps ne pouvait en supporter. Sans le bras secourable de son mari, la jeune femme eut chaviré par-dessus bord.

— Eh bien, quelle tempête ! soupira-t-elle en se laissant guider jusqu'à sa cabine.

Jarvis la conduisit à l'intérieur de la pièce et demeura debout près d'elle, la soutenant d'une main et refermant la porte de l'autre.

— Linsey ?

Au son de cette voix rauque, le sang de la jeune femme se mit à bouillir dans ses veines. Ses yeux cherchèrent le visage du jeune homme, mais ils ne rencontrèrent qu'une tâche indécise. Quel démon l'avait donc poussée à accepter tout ce champagne !

Lentement, tendrement, voyant que sa compagne ne lui opposait aucune résistance, Jarvis embrassa son front, laissa errer sa bouche le long de sa joue, pour enfin prendre possession de ses lèvres. Mue par un instinct irraisonné, elle tenta alors de le repousser. Mais la brûlure de son baiser n'en fut que plus vive. La jeune femme se débattit encore, plus faiblement, puis céda enfin à l'irrésistible élan de volupté qui affolait ses sens et balayait toutes ses craintes. Sous les caresses expertes qu'il lui prodiguait, son corps s'embrasa. Toute timidité, toute inhibition vaincue, elle s'abandonna tout entière au plaisir, et, à son tour, se mit à couvrir son compagnon de baisers.

Ils restèrent longtemps enlacés, sans prononcer un seul mot, comme s'ils craignaient de rompre le charme de cette étreinte ardente. Lorsqu'il la souleva de terre pour la déposer au travers du grand lit, elle se sentit emportée par une vague de bonheur sans nom. La réalité chavira et leurs deux corps s'unir enfin dans un même élan de passion et de désir.

Quand Linsey ouvrit les paupières le lendemain matin, Jarvis n'était déjà plus à ses côtés. Un instant, elle resta immobile, les yeux fixés au plafond, s'efforçant de réprimer la douleur lancinante qui lui transperçait le cerveau. Puis, peu à peu, les événements de la nuit lui revinrent en mémoire. Après quatre années de silence et d'oubli, elle avait retrouvé un mari. Depuis quelques heures, elle avait également redécouvert un amant. Cette constatation, le souvenir des moments de délicieuse extase qu'ils venaient de partager, la manière dont s'était déroulée cette soirée, tout l'incitait au rire et à la joie. Pourquoi fallait-il qu'un souffle aride balayât son cœur, comme un vent de tristesse et de désolation ? Pourquoi de cruelles incertitudes se faisaient-elles jour dans son esprit ? Certes, Jarvis venait de lui prouver qu'il n'était pas insensible à ses charmes. Mais avait-il prononcé un seul mot, avait-il eu un geste, un regard, qui témoignât d'un reste d'amour, où signifiât qu'elle était autre chose à ses yeux qu'une simple créature destinée à assouvir son désir ou à satisfaire les exigences de sa chair ?

Un sanglot muet souleva sa poitrine. Déjà les larmes perlaient à ses paupières, quand une pensée nouvelle lui traversa l'esprit, comme un éclair. Ses lèvres laissèrent échapper un cri d'horreur. D'un bond, elle sauta de son lit, courut dans la salle de bains, et fit une rapide toilette. Comment avait-elle pu se montrer assez égoïste pour ne pas se soucier plus tôt du sort de son fils ?

Vêtue d'un simple blue-jean et d'un corsage de soie mauve à demi transparent, elle se précipita hors de sa chambre, à la recherche de Jarvis. Sans doute avait-il déjà téléphoné à sa mère pour lui demander des nouvelles de Sean. Elle passa en coup de vent dans le salon, sans y trouver trace du jeune homme. La salle à manger, elle aussi, était déserte. Cependant, en quittant la pièce, elle bouscula un steward qui, une fois remis de ses émotions, put la renseigner : il avait aperçu Jarvis sur le pont supérieur, en compagnie du capitaine.

La jeune femme traversa rapidement la coursive, grimpa les escaliers quatre à quatre, et déboucha à l'air libre. Les deux hommes étaient accoudés tranquillement à l'avant du navire. Sans même prendre la peine de les saluer, elle s'écria à l'adresse de son mari :

— Je suis morte d'inquiétude au sujet de Sean. Tu as téléphoné, n'est-ce pas ?

Son agitation était telle, qu'elle ne remarqua pas l'expression de colère qui se peignait sur son visage.

— Oui, il va bien. Il est arrivé sans encombre à Londres, et il est déjà chez lui dans l'appartement de ma mère.

— Tant mieux ! Me voilà enfin rassurée !

Tout à la joie de cette heureuse nouvelle, elle décocha un sourire radieux au compagnon du jeune homme. Linsey appréciait beaucoup la compagnie de Carl Davis, le capitaine du yacht. C'était un homme d'une trentaine d'années, aux cheveux blonds, au regard lumineux et aux traits énergiques, marqués par la vie au grand air. Il s'était rapidement lié de sympathie pour la jeune femme, envers laquelle il manifestait une admiration sans borne. Depuis qu'elle avait fait son apparition sur le pont, il ne l'avait pas quittée des yeux une seule fois. Parce qu'elle n'avait pas pris le temps d'attacher ses cheveux, ce matin-là, ni de s'habiller avec recherche, elle s'exposait dans tout le naturel et la fraîcheur de sa jeune beauté. Et le capitaine Davis était visiblement très sensible à ce spectacle. A telle point qu'il paraissait en oublier la présence de Jarvis. Linsey, de son côté, ne restait pas indifférente à l'hommage muet que lui rendait ce regard limpide, empreint de respect et d'amitié.

Comme pour la rappeler à l'ordre, Jarvis s'empara de son poignet avec brutalité.

— As-tu pris ton petit déjeuner ? interrogea-t-il d'un ton sec.

Les yeux de Linsey se portèrent en hâte sur ceux de son mari, et, presque effrayée, elle répondit :

— Non, non... pas encore...

— Eh bien, vas-y ! Nous nous reverrons plus tard.

Renvoyée comme une enfant ! Les joues rouges de colère et d'humiliation, elle pivota sur ses talons et partit sans mot dire. Rien n'avait changé. Comme par le passé, il la voulait obéissante et docile, soumise à ses moindres volontés. Se résoudrait-il un jour à la considérer comme une adulte, comme la femme à part entière qu'elle était devenue ?

Elle but son café à petites gorgées, et avala sans appétit les toasts que le steward avait déposés devant elle. Le cœur battant à tout rompre, elle se remémorait les folles étreintes de la nuit passée. Etait-il possible que Jarvis fût assez insensible, assez cruel, pour avoir effacé avec tant d'empressement de sa mémoire, le souvenir de ces instants de commune extase, et de parfaite complicité ?

Quand il la rejoignit dans sa cabine, elle était assise devant sa coiffeuse, occupée à démêler le désordre de ses cheveux. Le bruit de la porte qui s'ouvrait la fit sursauter, et elle manqua de laisser échapper son peigne.

— Jarvis ?

Elle s'était juré de conserver son calme. Mais en dépit de tous ses efforts, elle ne put contenir la bouffée de gêne qui empourprait son visage. Leurs regards se croisèrent dans le miroir.

— Les Forsyth seront là pour le déjeuner, annonça-t-il brièvement.

— Entendu, je serai prête.

Elle avait parlé dans un murmure à peine audible.

— Allons, ressaisis-toi, Linsey. Tu n'as rien à craindre. Je n'ai aucunement l'intention de prolonger nos tendres effusions nocturnes.

Comme elle eût souhaité avoir le courage et le cran nécessaires pour lui faire comprendre qu'elle n'avait pas elle de vœu plus cher, qu'elle mourait d'envie de retrouver l'ardeur de son étreinte et la douce chaleur de son corps contre le sien. Mais toutes ses inhibitions, qu'elle avait crues à jamais vaincues, se dressaient à nouveau dans son cerveau, comme une barrière infranchissable.

— Tu... tu n'as pas aimé, cette nuit...
— Tu étais ivre, et j'en ai profité. Je dois avouer que je n'étais pas, moi non plus, en pleine possession de mes facultés. Oh, oui ! continua-t-il avec une véhémence soudaine. Tu m'as donné du plaisir ! Le champagne t'a rendue un peu plus humaine. Mais regarde-toi aujourd'hui : tu es redevenue la petite fille nerveuse et craintive que tu n'as jamais cessé d'être...

— Non, Jarvis, coupa la jeune femme avec amertume. Tu n'as pas le droit de parler ainsi. J'ai changé depuis quatre ans, bien plus que tu ne le penses. Quant à ce que nous avons vécu cette nuit, je ne crois pas m'être enivrée au point de...

— Eh bien soit ! Puisque les mots ne suffisent pas, voyons si les actes ne me donnent pas raison.

Avant qu'elle ait eu le temps de deviner ses intentions, il lui saisissait brutalement l'épaule pour l'obliger à se relever, et, sans égard pour l'expression d'horreur et d'incrédulité qui se peignait sur son visage, il imposait à ses lèvres livides un baiser furieux. Plus que la douleur qu'il lui infligeait, ce fut la désillusion qui la meurtrit au plus profond de sa chair. Cette nuit-là, elle avait cru, sans oser véritablement se l'avouer, qu'un sentiment plus noble que le désir commandait à ses sens. Maintenant elle comprenait qu'il n'en avait rien été et que jamais il n'éprouverait pour elle qu'indifférence et mépris. Alors, dans un accès de rage aveugle, elle leva la main et gifla à toute volée la joue de son agresseur.

Le jeune homme demeura parfaitement maître de lui.

— La démonstration me paraît amplement suffisante. Quelle femme digne de ce nom aurait songé à réagir de la sorte ?

Linsey eut toutes les peines du monde à se remettre de cette scène odieuse. Restée seule, elle se mit à aller et venir à travers sa chambre, dans un état d'agitation extrême. Elle se tordait les mains, exhalait sa rancœur en propos incohérents, entrecoupés de soupirs incessants, ou, donnant libre cours à sa détresse, enfouissait son visage dans ses mains et pleurait à chaudes larmes.

Quand la porte de la cabine s'ouvrit de nouveau, elle n'avait recouvré qu'une partie de son calme. Cependant, grâce aux artifices du maquillage, son visage offrait une apparence presque sereine. Une légère couche de fond de teint rehaussait d'un éclat trompeur la pâleur de son teint tandis qu'un mince sillon noir étirait le dessein de ses yeux gonflés par les pleurs.

— Jarvis, c'est toi ! Je... je serai prête dans une minute. Tes invités sont-ils arrivés ?

— Oui, il y a quelques instants. Mais ce n'est pas leur présence qui m'amène... Je viens d'échanger quelques mots avec ma mère. Il semble que tout n'aille pas au mieux avec Sean...

— Sean ?

Elle ne reconnut pas elle-même le son de sa voix dans ce cri angoissé.

— Ne t'affole pas inutilement. La communication était très mauvaise, mais j'ai cru comprendre qu'il n'avait pas très bien supporté le voyage. Un coup de froid, sans doute...

— Je rentre à Londres sur-le-champ, fit-elle d'un ton implacable.

— Nous irons ensemble. J'ai déjà réservé les places dans l'avion cet après-midi.

Elle faillit se jeter dans ses bras, tant elle était touchée de cette initiative.

— Oh merci, Jarvis ! Merci mille fois !

— Tu n'as pas à me remercier ! répliqua-t-il avec impatience. Sean est aussi mon fils, il me semble.

— Oui, bien sûr.

Puis, en fronçant subitement les sourcils :

— Mais comment allons-nous faire pour expliquer la situation aux Forsyth ?

— Le problème est déjà réglé. Ils rentreront en Angleterre avec le yacht, comme prévu. Le capitaine Davis peut fort bien se passer de moi.

Sur les recommandations de son mari, Linsey empila quelques vêtements dans un sac de voyage avant de s'apprêter à accueillir les nouveaux arrivants.

Sur le pont, une nouvelle épreuve, toute aussi terrible, l'attendait. Comme elle s'avançait au bras de Jarvis en direction des invités, un frisson glacial parcourut son corps. Un instant, elle se crut victime d'une illusion. Mais le doute n'était pas permis. Là, debout et souriante à quelques mètres d'elle, se tenait la créature qu'elle détestait le plus en ce monde : Olivia James, la femme qu'elle avait surprise quatre années auparavant dans les bras de son mari. Jamais Jarvis n'avait fait état devant elle ni de son existence, ni de la possibilité de sa venue à bord.

Sans paraître rien remarquer de son trouble, le jeune homme fit les présentations. L'esprit obscurci par un voile opaque, Linsey inclina brièvement la tête à l'adresse de sa rivale puis lui tourna le dos avec précipitation pour saluer les Forsyth et leurs épouses.

— Je suis désolée au sujet de votre fils, s'écria Linda Forsyth dans un élan de compassion sincère.

— Et moi je suis bien déçue ! minauda Olivia. J'aurais tant aimé faire la connaissance de votre fils, Jarvis !... Est-ce qu'au moins il vous ressemble ?

Le cruel sous-entendu contenu dans cette dernière phrase suscita un instant de gêne dans l'assistance. Seul Jarvis y resta totalement étranger.

— Sean est tout mon portrait, affirma-t-il en riant.

— C'est merveilleux ! s'exclama la comédienne avec un peu trop d'enthousiasme.

Sa main se posa sur celle de Jarvis, dans un geste possessif.

117

— Je le verrai ce soir, n'est-ce pas ?

Interloquée, Linsey leva les yeux sur son époux. Il répondit d'un ton laconique :

— Olivia voyage avec nous.

La jeune femme sentit ses jambes se dérober sous elle. Que signifiait réellement ce retour à Londres ? Jarvis se souciait-il, comme il l'avait prétendu, de la santé du petit garçon, ou avait-il conçu cette nouvelle mise en scène dans l'unique dessein de retrouver sa maîtresse ? Mais dans ces conditions, pourquoi l'associait-il, elle, sa femme, à ce voyage sentimental où elle ne pourrait apparaître que comme une intruse ? Plus rien n'avait de sens dans son esprit.

La gentillesse et la cordialité des Forsyth égayèrent le déjeuner, et Linsey, quelque peu rassérénée par cette présence amicale, sut tenir au mieux son rôle d'hôtesse. Le repas achevé, Jarvis s'excusa auprès de ses invités : le capitaine Davis attendait ses dernières consignes. Les Forsyth mirent à profit son absence pour regagner leurs cabines et parfaire leur installation. Ainsi, Linsey se trouva plongée malgré elle, dans la situation qu'elle appréhendait depuis sa rencontre avec les visiteurs : un tête-à-tête avec la maîtresse de son mari. Auprès de cette dernière, elle se sentait désespérément inexpérimentée, plus naïve et plus désarmée qu'une simple adolescente.

Olivia James était une femme d'une étrange beauté. Ses cheveux, noirs comme l'ébène, encadraient un visage de type oriental, aux pommettes saillantes et aux traits finement ciselés. Ses yeux surtout étonnaient : étirés en une longue fente pleine de mystère, ourlée d'immenses cils noirs, ils brillaient d'un éclat fiévreux, pareils à ceux d'une panthère. Il y avait de la cruauté dans ce regard de braise, qui savait aussi jouer de son charme, et de son irrésistible pouvoir de séduction.

La comédienne renvoya le steward d'un geste et vint s'asseoir près de Linsey. Les rôles étaient inversés :

l'intruse se comportait comme la véritable maîtresse des lieux.

— Ainsi, commença-t-elle d'une voix aux accents rauques, dépourvue de toute chaleur humaine, vous voici réunis pour quelque temps, Jarvis et vous ?

Prise au dépourvu par cette attaque sournoise, Linsey ne sut que répondre. Sans se soucier de son silence, Olivia poursuivit, sur le même registre :

— Il a dû être ravi de vous retrouver. Dire qu'il aura fallu quatre années avant la conclusion de votre divorce ! Il faut bien avouer que vous ne l'avez pas beaucoup aidé. Enfin, vous êtes là maintenant, c'est l'essentiel !

Linsey aurait voulu fuir ces provocations cruelles, mais une force mystérieuse la retenait clouée à son siège. Sa gorge parvint enfin à se dénouer.

— S'il avait vraiment souhaité ce divorce, il l'aurait obtenu, même sans mon consentement.

— Oh, mais sa volonté ne fait aucun doute, se récria vivement la comédienne. Depuis longtemps il souhaite m'épouser. S'il a attendu jusque-là, c'est dans mon seul intérêt. Un mariage prématuré risquait de nuire à ma carrière...

« Si ce qu'elle dit est vrai, songea Linsey, pourquoi Jarvis m'a-t-il fait revenir en Angleterre ? Ma présence sera une gêne certaine. A moins qu'il n'ait agi ainsi que pour mieux soustraire Sean à mon influence ! »

Décidée à en savoir plus long, elle demanda sans détours :

— Et vous ? Accepteriez-vous de devenir sa femme ?

Un éclair de triomphe traversa le regard d'Olivia.

— Oh, oui ! Mais pas avant deux ans. D'ici là, ma réputation sera parfaitement établie. Je pourrai alors consacrer davantage de temps à ma vie privée.

— Et vous voudriez avoir des enfants ?

— Pas dans l'immédiat. En fait, nous n'y avons pas

encore sérieusement réfléchi. Peut-être nous contenterons-nous de Sean. Enfin... s'il est bien un Parradine !

Avant que la jeune femme n'ait eu le temps de réagir à cette nouvelle pique, la porte s'ouvrit, livrant passage à Jarvis et aux autres invités. C'était l'heure des adieux. Linsey prit chaleureusement congé des Forsyth puis se tourna vers Carl Davis qui se tenait à l'écart du petit groupe. Le capitaine du yacht semblait quelque peu peiné du départ de la jeune femme.

— J'espère que vous retrouverez votre fils en parfaite santé, Linsey, fit-il en serrant amicalement ses deux mains.

Jarvis mit un terme brutal à ce tête-à-tête. Comme il entraînait sa femme vers la passerelle, il lui souffla à l'oreille :

— Depuis quand lui accordes-tu ce privilège ?

Linsey fit mine de ne pas comprendre. Carl Davis l'avait déjà appelée par son prénom, mais jamais en présence du jeune homme.

Ils arrivèrent sans encombre à l'aéroport et embarquèrent aussitôt dans l'avion qui devait les conduire à Londres. Le vol fut pour Linsey un véritable supplice. Tout le temps du voyage, Olivia accapara l'attention de Jarvis, sans se soucier une seule fois de la présence de la jeune femme. Ses succès d'actrice faisaient l'essentiel de sa conversation. Lorsqu'elle eut épuisé le sujet, elle se mit à disséquer dans ses moindres détails le rôle qu'elle devait prochainement tenir dans la dernière pièce d'un auteur célèbre, remerciant à tout instant Jarvis pour le soutien financier qu'il avait apporté à cette grande œuvre.

Ecœurée, Linsey détournait la tête, mais le son de la voix rauque et sensuelle de la comédienne continuait à résonner à ses oreilles. Elle n'avait donc aucune honte, aucune pudeur, pour oser flirter ouvertement avec Jarvis, sous les yeux même de son épouse ? Et comment ce dernier pouvait-il être assez cruel pour lui infliger pareil spectacle ?

A plusieurs reprises cependant, le jeune homme s'inquiéta du bien-être de Linsey. Mais elle ne répondait que par monosyllabes, ou hochait silencieusement la tête en réaction à toutes ses questions. Bien malgré elle, elle dut admettre qu'elle était jalouse, désespérément jalouse de la complicité qui unissait ses deux compagnons de voyage.

Dès leur arrivée dans la capitale anglaise, Jarvis prit le bras de son épouse, et se dirigea vers la station de taxi la plus proche.

— Voulez-vous que nous vous déposions ? lança-t-il à l'adresse de la comédienne.

Mais cette dernière n'était manifestement pas décidée à se laisser renvoyer de la sorte. Elle risqua un de ses sourires les plus troublants.

— Il y a si longtemps que je n'ai pas vu votre mère ! Elle est toujours si heureuse de mes visites. Je suis certaine qu'elle accepterait de me loger pour la nuit !

— Ce soir, c'est impossible, Olivia, répliqua brièvement le jeune homme.

Sans doute répugnait-il à l'idée de savoir sa femme et sa maîtresse sous le même toit. Linsey ne savait si elle devait rire ou pleurer de cette attention. Olivia, quant à elle, laissa échapper un cri de déception puisé au plus profond de son répertoire de tragédienne.

Puis en soupirant :

— Eh bien dans ce cas, peut-être aurez-vous la gentillesse de me conduire chez moi ?

— Certainement.

Sur ces mots, il ouvrit la portière du taxi pour faire passer les deux femmes, et prit place ensuite aux côtés de son épouse. Comme le chauffeur manœuvrait pour sortir de l'aérogare, Linsey ne put contenir les mots qui lui brûlaient les lèvres, et, telle une petite fille, elle murmura à l'oreille du jeune homme :

— Tu aurais sans doute préféré t'asseoir au milieu, à côté d'elle ?

A mesure qu'elle parlait, elle prenait conscience de la puérilité de sa remarque. Comme pour la punir, Jarvis ne lui adressa pas un regard de tout le trajet, conversant seulement avec Olivia, sur un ton plus joyeux et plus chaleureux qu'il ne l'avait fait depuis le départ.

Quand le taxi s'arrêta devant le domicile de la comédienne, Jarvis pria le chauffeur d'attendre et descendit en compagnie de la jeune femme. Linsey les vit disparaître à l'intérieur de l'immeuble. A son retour quelques minutes plus tard, Jarvis arborait un visage radieux.

Linsey sentit son cœur se serrer. « Pourtant songeait-elle en son for intérieur, que pouvais-je espérer ? » Jarvis était un homme, un homme comme les autres. Leur séparation avait duré plus de quatre années. Il aurait été stupide de croire que pendant tout ce temps, il n'avait jamais posé le regard sur une autre femme.

Seulement, il ne s'agissait pas de n'importe quelle femme. Olivia James lui avait volé sa jeunesse. Sans elle, aurait-elle fui loin de l'Angleterre et loin de l'homme, qu'au plus profond de son âme, elle chérissait encore ?

9

La mère de Jarvis habitait au centre de Londres. Le taxi traversa des lieux familiers, mais la ville semblait devenue presque étrangère à la jeune femme. A la vue des immeubles aux façades rectilignes, elle eut une pensée pour Sean. Le petit garçon ignorait tout de la vie citadine. Jusque-là, il avait eu pour univers, le cadre paisible d'un village de pêcheurs, entouré d'une nature complice, et la mer, avec ses immenses espaces de liberté. L'appartement de Mme Parradine était sans nul doute luxueux et spacieux. Mais pour cet enfant du soleil et du grand air, la rupture n'avait-elle pas été trop rapide et trop brutale ?

Jarvis venait d'appuyer sur le bouton de la sonnette. Un instant, Linsey hésita à lui faire part de ses craintes. « A quoi bon », se dit-elle. Dès que Sean serait rétabli, ils partiraient certainement pour Worton. Là, il pourrait de nouveau s'ébattre en toute liberté dans le parc et plus tard dans les forêts qui composaient l'immense domaine des Parradine.

— As-tu gardé ta maison de Chelsea ? demanda-t-elle pour meubler les quelques secondes d'attente.

— Oui. Mais c'est à Worton que nous irons en premier lieu.

La porte s'ouvrit sur un domestique en livrée. Il s'effaça devant les visiteurs.

— Bonjour, monsieur, dit-il d'un ton cérémonieux. Mme Parradine vous attend.

A l'époque de leur mariage, la mère de Jarvis vivait à Paris, chez une parente. Elle avait assisté à la cérémonie, mais, depuis cette date, Linsey ne l'avait plus jamais revue. Elle se souvenait d'elle comme d'une femme d'une rare élégance, au visage noble et sévère, ayant conservé de ses origines slaves, un accent chantant qui conférait une magie particulière à sa voix grave, aux inflexions impérieuses.

La vieille dame était assise dans un fauteuil. Les yeux mi-clos, elle semblait endormie. Mais à l'entrée des visiteurs, ses traits s'animèrent et un sourire radieux illumina son visage.

— Oh, Jarvis ! s'exclama-t-elle en s'avançant vers eux. Comme je suis heureuse de te voir ! Et Linsey...

Elle marqua une légère hésitation puis tendit les bras en direction de la jeune femme.

Linsey plaça les deux mains dans celles de la vieille dame et embrassa une joue délicatement parfumée.

— Comment va Sean ? questionna-t-elle, incapable de contenir plus longtemps son impatience.

— Sean ? répéta Mme Parradine dont le visage s'éclaira de nouveau.

C'était la première fois que Linsey la voyait sourire. Au mariage, elle était restée silencieuse, presque hostile. Par la suite, la jeune épouse avait appris qu'elle désapprouvait le choix de son fils. Elle aurait souhaité pour lui une femme plus mûre et moins fragile. Avait-elle eu alors, l'intuition du danger que représentaient la jeunesse et la beauté de sa belle-fille pour l'équilibre de leur couple ?

— Sean est un enfant adorable ! s'exclama la maîtresse des lieux. Et il ressemble tant à Jarvis... Vous n'avez pas été très gentille de nous cacher son existence, Linsey. Toutes ces années que nous avons manquées...

— Nous discuterons de cela plus tard, maman.

La voix calme mais ferme de Jarvis interrompit ces reproches pleins d'indulgence. La vue du visage blême et anxieux de sa femme, n'était sans doute pas étrangère à cette intervention.

— Linsey se fait beaucoup de souci pour Sean. Nous avons hâte de le voir...

— Mais il est au lit, mes enfants ! Et la bonne Miss Smith veille sur son sommeil.

Puis se tournant à nouveau vers sa belle-fille.

— La nuit dernière, il vous a réclamée, ma chérie. Il arrivait dans un lieu inconnu et il se sentait un peu perdu sans vous. Mais ce soir, il n'a rien dit. Je suis allée le voir il y a environ une demi-heure. Il dormait comme un petit ange.

— Mais... mais je croyais qu'il était malade ?

Elle considérait Jarvis avec stupeur.

— La communication était mauvaise, expliqua le jeune homme. Tu m'as dit qu'il avait un rhume, n'est-ce pas ? ajouta-t-il à l'adresse de sa mère.

La vieille dame sursauta.

— J'ai dit qu'il se sentait légèrement dépaysé, mais je ne crois pas avoir parlé de...

— Il y avait énormément de grésillements sur la ligne, répéta Jarvis d'un air têtu.

— Vraiment ?

Elle avait manifestement du mal à se rappeler ce détail.

— Tu as peut-être raison... Quoi qu'il en soit, je puis vous assurer qu'il se porte comme un charme. Miss Smith vous le confirmera. Sa chambre est à côté de la vôtre. Interrogez-la en passant. Tu connais le chemin, Jarvis. Vous restez ici quelque temps, n'est-ce pas ?

— Cette nuit seulement, répondit-il en prenant le bras de son épouse.

125

— Eh bien, allez défaire vos bagages et vous rafraîchir un peu. Je vous attendrai pour le dîner. Et surtout, armez-vous de patience : j'ai mille questions à vous poser sur mon petit-fils...

La nurse leur tint le même langage que la vieille dame. Cependant, Linsey ne put résister à l'envie de voir son fils. S'étant approchée à pas de loup du lit où il dormait, elle resta un long moment à écouter le rythme paisible de sa respiration et à contempler son petit visage rayonnant de santé. Puis, après avoir déposé un tendre baiser sur son front, elle s'en fut, pleinement rassurée.

La chambre qui leur avait été attribuée jouxtait celle du petit garçon. Là, une entreprise désagréable attendait la jeune femme. La pièce, confortable et luxueusement aménagée, n'était pourvue que d'un seul lit, un meuble d'art dont le baldaquin tissé de fils argentés reposait sur quatre colonnes de bois peint.

Linsey, le regard flamboyant, se tourna vers son mari.

— Tu n'imagines tout de même pas que nous allons passer la nuit ensemble !

Les lèvres du jeune homme esquissèrent un mince sourire.

— Ne t'inquiète pas. Il y a un boudoir à côté. Je dormirai sur le canapé.

— Oh, je comprends...

— Tu m'en vois ravi ! Il y a tant de choses que tu t'évertues à ne pas vouloir comprendre depuis notre départ de Port-Louis...

Il retira sa veste et fit mine de déboutonner sa chemise. Linsey détourna les yeux.

— J'avoue en effet ne pas saisir le sens de la prétendue maladie de Sean. Cette comédie n'a servi à rien, Jarvis. Me crois-tu assez sotte ou assez aveugle pour ne pas percer à jour une manœuvre aussi grossière ? Tu brûlais d'impatience de rentrer à Londres avec Olivia...

— Olivia ?

Jarvis suspendit son geste et leva les yeux vers elle. Il paraissait ne pas comprendre.

— Ah, non ! Tu ne vas pas avoir le front de nier ! Je sais pertinemment que vous êtes amoureux l'un de l'autre... depuis des années.

— Mais enfin Linsey, es-tu devenue folle ?

Les accusations de la jeune femme avaient eu raison de son calme. Il franchit la distance qui les séparait et lui serra douloureusement le poignet.

— Ecoute-moi, petite sotte ! Et tâche de raisonner un peu, si tu en es capable. Hier, quand nous sommes revenus de l'aéroport, j'ai appris au capitaine Davis que nous comptions passer la soirée à Menton, et que par conséquent, nous rentrerions tard dans la nuit. Je lui ai aussi ordonné de ne pas nous déranger jusqu'au lendemain matin, sous aucun prétexte.

— Mais pourquoi ?

Il lui jeta un regard noir.

— Tu ne devines pas ? Eh bien, j'ai voulu remettre les choses à leur place, ôter à ce cher Davis toutes ses illusions. Il devait savoir que nous nous réservions, toi et moi, une longue nuit d'amour et de plaisir ! Malheureusement, la leçon n'a guère semblé porter ses fruits. Ce matin, quand tu es montée sur le pont, il t'a littéralement déshabillée des yeux. Et tu n'as rien fait pour l'en décourager !

— Figure-toi que j'avais d'autres préoccupations en tête ! J'étais sans nouvelles de Sean depuis la veille...

— Cesse de jouer les mères éplorées, Linsey. Ce rôle ne te convient pas. En tout cas, j'espère que tu as compris, cette fois. Tant que tu porteras mon nom, je ne te laisserai pas exercer tes charmes sur aucun autre homme. En ce qui concerne Olivia, sache que tu te trompes complètement. J'ai été le premier surpris de la voir arriver avec les Forsyth...

— Tu ne l'attendais pas ?

— Absolument pas. Mais voilà des années qu'elle me poursuit de ses assiduités. Je ne lui ai pourtant laissé aucun espoir... mais elle s'obstine à ne pas vouloir comprendre...

Il était trop tard maintenant pour reculer. Ils devaient, l'un et l'autre, aller jusqu'au bout de leur logique.

— Mais puisque tu ne voulais pas d'elle, pourquoi l'as-tu acceptée à bord ?

— Que pouvais-je faire d'autre ? Lui interdire l'accès du yacht ? Donner l'ordre à mes marins de l'expulser ? Je ne suis pas assez mufle pour agir de la sorte !

— C'est pourtant toi qui a prétexté la maladie de Sean et organisé ce retour à Londres ?

— C'était le seul moyen de me débarrasser d'elle. J'étais persuadé qu'elle voudrait me suivre. De cette façon, j'épargnais aux Forsyth et à nous-même, la compagnie d'Olivia pendant toute la durée de la traversée.

Linsey refusait encore de croire à la sincérité du jeune homme.

— Mais enfin, Jarvis, elle m'a affirmé que vous aviez l'intention de vous marier...

Ses yeux s'agrandirent, comme sous l'effet de la surprise et de la colère.

— Jamais il n'a été question de mariage entre nous ! Comment a-t-elle osé...

— Tu veux dire qu'elle a inventé toute cette histoire ? Pourtant... ne me dis pas que tu ne l'as jamais aimée...

— Jamais, affirma-t-il avec conviction. C'est une femme séduisante, il est vrai, mais ses manières m'agacent prodigieusement. Pour elle, les hommes ne sont que des jouets. Une seule chose compte dans sa vie : sa carrière de comédienne. Si elle s'acharne sur moi, c'est en grande partie à cause de mon argent. Au moment de notre mariage, je lui ai fait clairement comprendre que je ne voulais plus jamais entendre parler d'elle. Mais elle a continué comme par le passé : sans cesse, elle venait me trouver à mon bureau, sous les prétextes les plus futiles, ou s'arrangeait pour se faire inviter dans les mêmes soirées, participer aux mêmes réceptions. Je ne sais plus que faire pour me débarrasser d'elle.

— Il me semble, cependant, que tu as financé son prochain spectacle.

— Ne prends pas cela pour un encouragement. Le metteur en scène est l'un de mes meilleurs amis. Sans mon soutien financier, la pièce n'aurait jamais été montée.

Un lourd silence les enveloppa. On eût dit que chacun attendait de l'autre un éclat, ou un geste d'apaisement. Soudain, Linsey eut la sensation qu'une digue cédait dans son cœur, et, malgré elle, un flot de paroles se mit à jaillir de ses lèvres.

— C'est à cause de cette femme que je t'ai quitté... A cause d'elle que je me suis enfuie... Je vous croyais amants...

Jarvis sursauta violemment, comme si la foudre venait de tomber à ses pieds. Puis, l'air hagard, il prit son visage entre ses mains et secoua obstinément la tête, comme pour repousser l'effroyable vérité qui se faisait jour dans son esprit.

— Ai-je bien compris ? Tu m'as privé de mon enfant pour cela... pour de simples suppositions... Tu as ruiné notre mariage, tu m'as causé des années d'inquiétude et de regrets... tout cela par la faute d'une imagination délirante, d'une naïveté sans nom ! Existe-t-il des châtiments assez forts pour un pareil crime ?

Effrayée par la fureur qu'elle lisait dans son regard, Linsey recula d'un pas. Quel démon l'avait poussée à faire cette confession ? Ce secret qui rongeait son cœur, elle l'avait porté comme une plaie vivace, quatre années durant. En se livrant à Jarvis, elle espérait un peu de compassion ou de compréhension. Comment avait-elle été assez folle pour se bercer d'une telle illusion ? Il ne l'aimait pas. Il ne l'avait jamais aimée. La haine qu'elle décelait sur son visage en était la preuve.

— Je suis désolée, articula-t-elle enfin, la gorge sèche.

— Désolée ! C'est tout ce que tu trouves à dire ! Sais-tu que le jour où je t'ai retrouvée, j'ai juré de te faire regretter ta fuite ? Que Dieu m'en soit témoin, je me vengerai, je te ferai souffrir autant que tu l'as fait pour moi !

— Mais Jarvis... tu ne voulais plus de moi, commença-t-elle, les joues inondées de larmes.

— Seigneur ! Comment oses-tu prétendre une chose pareille ? Est-ce moi qui suis parti ? J'ai peut-être été maladroit, ou trop impatient... Mais le refus de l'autre, le rejet des instants de tendresse et d'amour, est-ce moi qui les ai commis ?

Linsey ferma douloureusement les paupières. Elle sortait totalement perdante de cette discussion. Plus rien ne semblait désormais justifier ses reproches et ses actes passés.

— Je... je te prie de me pardonner, Jarvis. J'essaierai de réparer mes fautes.

Ces paroles semblèrent futiles à ses propres oreilles.

— Tu crois vraiment cela possible ?

Elle n'eut pas la force de répondre. Mais au fond de son cœur, elle songeait qu'un jour peut-être, elle parviendrait à lui faire comprendre qu'elle avait changé et qu'elle éprouvait un remords sincère pour sa conduite passée.

Deux heures plus tard, ils rejoignaient leur chambre, après un dîner morne et silencieux. Linsey se sentait plus désespérée que jamais. Dans l'enfer auquel semblait promise sa nouvelle existence, elle n'entrevoyait qu'une seule issue, non moins terrible que celle où sa détresse l'avait acculée, quatre années auparavant : en acceptant de mener avec Jarvis une vie de couple, normale, en se livrant de nouveau corps et âme à l'homme qu'elle avait aimé, peut-être réussirait-elle à se faire pardonner sa longue absence et son odieux silence et à reconquérir, sinon son amour, du moins un peu de son estime.

Avec des gestes d'automate, elle entreprit de vider son sac de voyage, pour en sortir le peu de vêtements qu'elle avait apporté avec elle. L'idée qui venait de se faire jour dans son cerveau la poursuivait. A supposer qu'elle parvienne à se montrer docile et soumise, Jarvis accepterait-il son repentir ? Il avait toutes les raisons du monde d'en vouloir à son épouse, et de mener jusqu'à son terme l'œuvre de vengeance qu'il s'était fixé.

Linsey passa rapidement sous la douche et enfila la chemise de nuit en dentelle que Jarvis lui avait offerte à Port-Louis. Tout en contemplant d'un œil distrait son image dans le miroir de la salle de bains, elle songea qu'il lui faudrait regarnir sans plus tarder sa garde-robe. Pour ce faire, elle serait contrainte d'accepter l'argent de Jarvis. Cette pensée lui était insupportable. Mais avait-elle d'autre choix ?

Elle allait se mettre au lit, quand elle entendit Jarvis remuer derrière la mince cloison qui séparait la chambre du boudoir. Sous le coup d'une impulsion irraisonnée, elle se leva et alla frapper à sa porte. Le jeune homme vint ouvrir immédiatement. Il portait pour seul vêtement une serviette de bain enroulée autour de sa taille.

— Oui ? Que veux-tu ? questionna-t-il d'une voix peu amène.

— Je... il est inutile que tu dormes sur ce canapé.

Déjà, elle regrettait ses paroles. Mais il était trop tard désormais pour reculer.

Leurs regards s'affrontèrent un court instant.

— Dois-je en déduire que tu m'accordes l'hospitalité de ton lit ?

Elle hocha silencieusement la tête. Les traits de Jarvis se durcirent.

— As-tu bien pesé ta décision, Linsey ? Si j'accepte, il

est fort possible que je n'éprouve guère l'envie de dormir. Jusqu'où ira ta générosité ?

— Je... je t'offre une bonne nuit de repos, Jarvis. Je suis sûre que tu mérites bien davantage et...

Elle n'eut pas la force d'achever sa phrase.

— Tu continues à te conduire comme une petite fille, observa-t-il d'un air narquois. Mais tu sembles décidée à te faire pardonner. Je ne puis que me réjouir de ces bonnes dispositions.

En dépit de ce ton enjoué, son visage restait impénétrable. Quand il l'attira contre lui pour prendre possession de ses lèvres, elle ne lui opposa aucune résistance. Si tel devait être son châtiment, elle apprendrait à le subir sans protester.

— J'accepte de partager ton lit, sussura-t-il à son oreille, tandis que d'une main impatiente il faisait glisser les bretelles de sa chemise de nuit.

Linsey, assaillie à son tour par une vague de désir incontrôlable, tenta de se raidir pour lui échapper. Elle voulait se donner à lui pour expier ses fautes, non pour lui offrir le spectacle de sa propre faiblesse.

Mais, une fois de plus, l'appel de la chair fut le plus fort, et ce qui à l'origine se voulait sacrifice et rachat, devint bientôt plaisir et élan spontané du corps et de l'esprit vers l'être aimé.

Au cours du petit déjeuner qui succéda à cette nuit d'étreintes et de caresses passionnées, Jarvis expliqua froidement à son épouse qu'il avait quelques affaires à régler avant leur départ pour Worton. Il lui suggéra de profiter de son absence pour se livrer à tous les achats qu'elle jugerait nécessaires, pour elle ou pour Sean. Quand il lui tendit son carnet de chèques, la jeune femme dut se faire violence pour accepter l'objet et l'enfouir dans son sac à main.

Ses retrouvailles avec Sean lui apportèrent le réconfort

dont elle avait besoin. A peine réveillé, le petit garçon se jeta au cou de sa mère et l'étouffa de baisers. Puis, il entreprit le récit détaillé de son voyage et de son arrivée à Londres, sous le regard bienveillant de sa grand-mère qui les avait rejoints. Dans son langage d'enfant, il traduisit ses étonnements, ses émotions, ainsi que la profonde affection qui déjà l'unissait à la vieille dame.

Quand il quitta son fauteuil pour aller jouer, celle-ci le suivit des yeux avec tendresse.

— Vous ne pouvez pas savoir le bonheur que j'éprouve à connaître mon petit-fils, fit-elle à l'adresse de Linsey. Et à vous voir de nouveau auprès de Jarvis...

La jeune femme esquissa un pauvre sourire, tout en priant intérieurement pour que cette conversation prit fin rapidement. Malheureusement, la curiosité de son interlocutrice était loin d'être satisfaisante. Bon gré mal gré, elle dut se soumettre à son avalanche de questions.

Au fil de la discussion, elle découvrit une femme sensible et tolérante, et fut heureuse de déceler derrière son masque de sévérité, une grande sollicitude et un réel désir de compréhension.

— Ma chère Linsey, lui dit-elle avec douceur, nul n'est en droit de vous juger. Vous aviez vos raisons d'agir comme vous l'avez fait. Cependant, si les circonstances qui vous ont décidée à quitter mon fils venaient un jour à se reproduire, pensez au bonheur de Sean, à la joie qu'il aura de grandir au sein d'une famille aimante et unie. Ne lui refusez pas cette chance.

Linsey avala péniblement sa salive. Elle eût aimé révéler à la vieille dame les causes véritables de son départ. Mais elle jugea inutile de causer du chagrin et de décevoir la confiance qu'elle accordait à son fils. Cependant, la jeune femme était trop honnête pour prétendre que tout allait au mieux entre elle et Jarvis.

— C'est peut-être Jarvis qui partira cette fois, articula-t-elle avec difficulté. Je l'ai blessé dans son orgueil et je ne suis pas certaine qu'il me le pardonne un jour.

— S'il ne s'agit que de son orgueil, il finira par oublier, observa Mme Parradine avec finesse. Ce matin, il est venu me voir dans ma chambre avant son départ. Il est ravi d'avoir un fils, et déjà si fier de son petit garçon... Je ne saurais trop vous recommander de prendre votre mal en patience, ma chérie. Vous verrez, tout finira par s'arranger...

Après le déjeuner, Linsey confia Sean à la garde de sa grand-mère, et partit faire ses achats. Jadis, avant son départ de Londres, elle adorait courir les magasins. Elle passait des après-midi entières à déambuler devant les vitrines, toujours prête à s'enthousiasmer pour une trouvaille vestimentaire ou un nouveau parfum. Mais elle se sentait si peu d'humeur, ce jour-là, à s'adonner à ce genre d'occupations, qu'elle décida d'entrer dans une seule boutique et de n'en pas ressortir sans une garde-robe complète. Son long séjour sous les tropiques, l'avait habituée à des tenues légères et peu sophistiquées. Il lui fallait de nouveau compter avec les rigueurs du climat britannique et celles, non moins contraignantes, de la mode. Son rang de femme du monde ne lui permettait aucune faute de goût. Comme tout aurait été simple si Jarvis l'avait aimée ! Avec quel bonheur elle aurait choisi les toilettes aptes à la rendre plus belle encore, et plus séduisante aux yeux de son mari ! Au lieu de cela, elle s'en remit entièrement au choix des vendeuses, et se prêta de mauvaise grâce aux essayages, avant de regagner rapidement l'appartement.

A sa grande surprise, ce fut Jarvis qui vint lui ouvrir.

— J'ai envoyé Sean et Miss Smith à Worton, annonça-t-il sans préambule.

— A Worton ? répéta-t-elle en déposant ses paquets sur la table la plus proche.

— Il doit apprendre à se passer de toi !

La jeune femme se sentit envahie par une vague de colère. Mais elle parvint à taire ses protestations : n'avait-elle pas contraint le petit garçon à se passer de son père pendant plus de trois ans ?

— En ce qui nous concerne, continua-t-il, nous passerons la nuit à Londres. Ma mère est sortie. J'ai pensé que nous pourrions en profiter pour aller à Chelsea, voir la villa.

— J'aurais préféré partir pour Worton dès ce soir. Est-il vraiment nécessaire de...

— Indispensable ! Il y a deux mois que j'ai quitté Londres. J'ai besoin de savoir si tout s'est bien passé pendant mon absence. De plus, je voudrais choisir des chambres pour Sean et sa nurse. Je compte les faire aménager pendant notre séjour au manoir.

Linsey eut du mal à cacher sa déception. Dans la voiture qui les conduisait dans le quartier résidentiel de la capitale anglaise, elle resta silencieuse, regrettant amèrement de ne pouvoir s'occuper elle-même de ces travaux de décoration. Combien de fois, à l'île Maurice, avait-elle rêvé de posséder une maison bien à elle, et de l'aménager à son goût...

— Ne serait-il pas plus amusant de tout faire nous-mêmes, risqua-t-elle timidement en le suivant à travers le long corridor qui partageait le deuxième étage de la somptueuse demeure.

Il lui lança un regard glacial.

— Je n'en ai ni le temps ni l'envie !

— Mais j'aimerais tant...

— N'insiste pas, je te prie. Ces choses-là sont l'affaire de spécialistes.

Il avait parlé d'un ton sans réplique. Résignée, Linsey exhala un profond soupir et se tut. Pourtant, le choix des pièces qu'il désirait attribuer à son fils, suscita, chez la jeune femme, une nouvelle vague de protestations.

— Je préférerais savoir Sean plus près de moi. La chambre attenante à la nôtre est libre. Suppose que Miss Smith vienne à s'absenter, ou parte en vacances...

— Il sera toujours temps de régler ce problème, s'il se pose un jour. Tu sais, nous ne viendrons pas très souvent ici.

La jeune femme reçut cette information avec soulagement : cette maison lui rappelait trop de mauvais souvenirs.

— Que faisons-nous maintenant ? questionna-t-elle nerveusement. Nous rentrons à l'appartement ?

— Pas tout de suite. Je voudrais d'abord te montrer notre chambre. S'il faut la transformer, autant le décider aujourd'hui.

Linsey ne put refuser de le suivre. Mais au moment où ils franchissaient le seuil de la pièce qu'ils avaient partagée autrefois, un cri étouffé jaillit de ses lèvres. Elle ne pouvait en croire ses yeux : rien n'avait changé depuis son départ. Son regard allait et venait d'un mur à l'autre, sans qu'elle parvînt à discerner la plus petite modification. Pas un meuble, pas un objet n'avait bougé. L'endroit était tel qu'elle l'avait laissé, le jour de son départ.

— Regarde bien, Linsey, fit une voix sourde derrière elle. C'est ici que tout a commencé. Ici que tu m'as annoncé ta grossesse et plus tard la perte de notre bébé. Ici que tu as décidé de partir et de me priver à jamais de l'enfant que...

— Je croyais que tu me trompais ! s'écria-t-elle les yeux noyés de larmes. Oh, Jarvis, pardonne-moi ! Je voudrais tant refaire le passé mais... mais il est trop tard. Cependant tu as Sean maintenant, un fils...

— Et j'en aurai d'autres ! gronda-t-il. Mais cette fois, tu n'auras plus ton mot à dire. Pas même sur leur éducation...

Une douleur fulgurante transperça sa poitrine.

— Voilà donc ta vengeance ! Me donner des enfants pour mieux me les retirer. Tu es un monstre, Jarvis !

Le ricanement du jeune homme couvrit les sanglots de sa voix.

— Ne sois pas si amère, ma chère Linsey. Tu devrais être heureuse que je veuille encore de toi ! Et puis avoue que tu ne t'es guère sacrifiée, ces deux dernières nuits, pour me donner du plaisir. Les liens qui nous unissent sont plus forts que la haine, Linsey. Ils sont faits de chair et de désir. Ose prétendre le contraire !

10

Linsey tenta de feindre l'indifférence.

— Je ne suis pas d'accord. Nous avons très bien pu nous passer l'un de l'autre, pendant ces quatre années.

— Mais jamais mon cœur n'a battu aussi fort que pour toi, Linsey... Avec aucune autre femme...

— Tu mens !

Elle tremblait sous l'intensité de son regard. Il lui saisit brutalement la main et la plaça sur son côté gauche.

— Là, sens comme il bat contre ma poitrine !

Elle s'écarta vivement, comme pour se préserver d'un feu ardent.

— Il y a longtemps que tu m'as appris à distinguer le simple désir physique d'un amour véritable. Tu n'éprouves aucun sentiment réel à mon égard, Jarvis !

Son masque d'indifférence s'était brisé sous l'effet de la colère.

— Alors nous en sommes au même point !

— Non, confessa la jeune femme. Je ne sais plus si je t'ai aimé autrefois, mais je sais qu'aujourd'hui, je t'aime.

— Et tu voudrais que je crois à pareil mensonge ?

— Je voudrais que tu essaies.

Les yeux de Linsey trahissaient une profonde tristesse. Où était sa fierté ? Dans le terrible combat qu'elle se livrait à elle-même, elle ne remarqua pas la pâleur subite qu'avaient revêtue les traits de son mari.

— Ne compte pas m'amadouer, répliqua-t-il, le regard fixe. Tu l'as dit toi-même : ton corps seul m'intéresse, et rien d'autre...

— Tu te lasseras vite de ma présence, dans ces conditions...

— Je n'en suis pas si sûr.

D'un geste vif, il avait enroulé un bras autour de sa taille et, avant qu'elle ait eu le temps de réagir, sa bouche lui avait dérobé un baiser ardent. Puis elle se sentit soulevée de terre et emportée jusqu'au grand lit.

La nuit venait de tomber lorsqu'ils arrivèrent à Worton, le lendemain soir. A sa grande déception, Linsey apprit que Sean était déjà couché. Elle voulut malgré tout le voir, mais Jarvis lui en refusa l'autorisation. Elle eut d'ailleurs été bien en peine de retrouver la chambre où dormait le petit garçon. Son unique visite au manoir datait en effet du soir mémorable où Jarvis l'avait embrassée pour la première fois.

Pourtant, lorsqu'ils avaient remonté l'allée qui menait à la vieille bâtisse nichée au milieu d'une forêt de saules et de peupliers, elle avait eu l'étrange sensation de retrouver un lieu familier. Mais son enthousiasme n'avait guère rencontré d'écho chez Jarvis, qui avait répondu d'un ton revêche à toutes ses questions.

— Combien y a-t-il de pièces ? avait-elle demandé à la vue de l'immense façade tapissée de lierre.

— Trente.

— Elles sont toutes habitables ?

— Non. D'ailleurs, le nombre de domestiques ne suffirait pas à leur entretien.

— Je pourrais les aider. C'est un endroit si beau. Il est dommage que...

— Je refuse de voir ma femme travailler. Si tu as besoin de personnel supplémentaire, nous en engagerons.

Linsey était restée muette devant des propos aussi péremptoires. Mais, comme ils suivaient le domestique qui portait les bagages jusqu'à leur chambre, elle ne pouvait s'empêcher de songer que les journées risquaient d'être bien longues à Worton.

— Merci, Dick, fit Jarvis en renvoyant le jeune homme d'un geste de la main.

Puis, quand la porte se fut refermée :

— Je ne supporterai pas de te voir jouer avec le personnel masculin du manoir le même jeu qu'avec Davis... Dick te dévisageait avec un peu trop d'insistance.

— Mais ce n'est pas ma faute, protesta la jeune femme. Je n'ai rien fait pour...

Il ignora totalement cette intervention.

— Les hommes que j'emploie ici sont des personnes de confiance. Tu as sans doute une façon toute particulière d'user de ta séduction. Mais je ne saurais trop te conseiller de te montrer plus réservée à l'avenir.

Linsey opina de la tête. A quoi bon lutter contre des accusations aussi absurdes et injustes ? Elle prit une profonde inspiration et reporta toute son attention sur les lieux dans lesquels elle venait de pénétrer. C'était une vaste pièce, claire et spacieuse, donnant sur la façade principale du bâtiment. Le sol dallé était recouvert de tapis anciens, assortis aux dorures des tentures et du dessus de lit. Les meubles appartenaient à une autre époque. Il émanait de leur bois lisse une délicieuse odeur de cire. Elle fut aussitôt séduite par l'atmosphère romantique qui se dégageait de cette chambre au décor un peu vieillot.

Elle s'approcha lentement de la fenêtre.

— La vue doit être magnifique en plein jour ! Sean et

moi pourrons faire des promenades merveilleuses autour du manoir !

— Je crains malheureusement que cela ne soit impossible.

Le ton sévère du jeune homme la fit se retourner.

— Je... je ne comprends pas...

Son visage resta de marbre quand il déclara :

— Mon travail m'oblige à retourner à Londres tous les jours. Pendant mes absences, je t'interdis de sortir du manoir avec Sean. Il doit apprendre à vivre avec d'autres que toi.

— Tu veux dire, apprendre à vivre sans moi !

Sans tenir compte de la détresse qui se lisait dans les yeux de son épouse, il poursuivit son discours insensé :

— Si un jour il doit sortir de la propriété, Miss Smith l'accompagnera, si je ne puis le faire moi-même.

— Mais je pourrai tout de même le conduire dans le parc ? Enfin...

— Non ! hurla-t-il le regard flamboyant. Je te le défends. Et si tu désobéis, je te ferai rentrer à Londres et je laisserai Sean seul ici, avec les domestiques.

— Tu n'oserais pas, Jarvis ! Tu ne pourrais être aussi cruel ?

Un sourire ironique étira le coin de ses lèvres.

— C'est ce que nous verrons. En tout cas, je ne te conseille pas de jouer avec ma patience. A ton tour de souffrir, maintenant.

Au cours des semaines qui suivirent, Linsey s'efforça en vain de comprendre le comportement de son mari. Quelles qu'aient pu être ses fautes passées, elle ne méritait pas le terrible châtiment qu'il lui infligeait. Pourtant, désireuse avant tout de se racheter de sa mauvaise conduite, elle tenta de s'adapter sans révolte à sa vie nouvelle et d'ignorer la dureté et le mépris incessant du jeune homme. Mais, au fil des jours, sa bonne volonté s'épuisait. Elle perdait du poids et chaque soir, devant son miroir, elle observait son visage défait, creusé de cernes profondes.

Son seul réconfort, elle le trouvait dans les rares moments passés auprès de son fils. Le reste du temps, elle errait comme une âme en peine dans les terres avoisinantes, déambulant sans but à travers la campagne déserte, ou passant des heures entières à fixer l'horizon, le regard vide et l'esprit engourdi.

Un après-midi, elle reçut un coup de téléphone de la mère de Jarvis. En reconnaissant à l'autre bout du fil la voix de cette dernière, elle eut un sursaut de surprise : depuis le jour de son arrivée à Londres, elle était restée sans nouvelles de sa belle-mère et elle en avait aussitôt conclu que Jarvis lui interdisait tout contact avec elle. Cet appel la prenait donc totalement au dépourvu. Et son désarroi s'accrut encore, quand la vieille dame l'invita à lui rendre visite avec Sean. Comment pouvait-elle refuser sans avouer que Jarvis la retenait prisonnière au manoir ?

— Ma chérie, vous m'entendez ? questionna la vieille dame devant le silence prolongé de son interlocutrice.

— Oui, je... je vous entends. Eh bien... c'est d'accord. Nous viendrons demain. Mais promettez-moi de ne rien dire à Jarvis. Voyez-vous, il n'aime pas beaucoup nous savoir à Londres sans lui.

— Mais je pensais qu'il vous emmènerait en voiture !

Mme Parradine semblait déroutée par les propos de la jeune femme.

— Non, cela ne ferait que compliquer les choses. Mais ne vous inquiétez pas pour nous : nous viendrons en train. Sean ne l'a jamais pris. Ce sera une aventure passionnante pour lui !

En effet, le petit garçon trépignait de joie lorsqu'ils montèrent dans le train pour Londres, le lendemain matin. Sur un coup de tête, Linsey avait accordé une journée entière de congé à la nurse. Ce n'était certes pas sans inquiétude qu'elle songeait à la réaction de Jarvis à cette fugue. Mais elle allait enfin pouvoir passer quelques heures avec son fils, loin de sa prison.

Mme Parradine guettait avec impatience l'arrivée de ses visiteurs. Les premiers instants d'effusions passés, elle les conduisit dans la salle de séjour et entama une discussion animée avec son petit-fils. Plus tard, au cours du déjeuner, elle fit part à Linsey de ses inquiétudes au sujet de Jarvis.

— Vous n'ignorez pas qu'il passe me voir de temps à autre. Il ne semble pas au mieux de sa forme. Je le trouve nerveux, irritable, parfois même brutal. Il donne l'impression d'être à bout de nerfs.

— Il travaille beaucoup, risqua Linsey d'une voix mal assurée.

— Il a toujours consacré énormément de temps à l'usine. Non, c'est autre chose. Je ne l'ai jamais connu aussi égaré... aussi étrange... Sauf peut-être après votre départ.

Heureusement, la conversation dévia sur des sujets moins pénibles et l'après-midi s'écoula, trop rapide au gré de la jeune femme. Elle goûtait à cet intermède de liberté comme à une source d'eau fraîche après une longue course à travers le désert. Mais bientôt, il fallut songer au départ. Les larmes aux yeux, ils s'embrassèrent, et la vieille dame promit de leur rendre visite au manoir aussi tôt que possible. La voix du domestique annonçant l'arrivée du taxi mit un terme à ces adieux touchants.

A l'instant où la mère et l'enfant franchissaient le seuil de l'immeuble, un second taxi vint se ranger le long du trottoir.

— Oh, quelle surprise! minauda Olivia James en descendant du véhicule. Mais c'est cette chère Linsey et son adorable bambin!

Une lueur mauvaise dans son regard de braise démentait la joie que semblait susciter en elle cette rencontre inattendue.

— Bonjour, Miss James, répondit sèchement la jeune femme. Je suis navrée, mais nous avons un train à prendre.

— Un train ? Comme c'est curieux ! Je viens de déjeuner avec Jarvis et à aucun moment il n'a fait allusion à ce voyage. Il ne m'a pas dit non plus que je risquais de vous rencontrer chez ma future belle-mère.

— Il aura sans doute oublié.

Puis en montant précipitamment à l'arrière du taxi :

— Je ne puis m'attarder plus longtemps, Miss James. Au revoir.

Tout le temps que dura le trajet du retour, les paroles d'Olivia résonnèrent dans le cerveau de Linsey, comme un refrain obsédant. Ainsi, son mari lui avait menti. Il continuait à fréquenter la jeune actrice et ils n'avaient pas renoncé l'un et l'autre à leurs projets de mariage. Ne la gardait-il auprès d'elle que pour satisfaire sa vengeance ?

La soirée était déjà bien avancée quand Jarvis regagna le manoir ce soir-là. La jeune femme venait de prendre un bain qui l'avait quelque peu détendue des fatigues de cette longue journée. Sur sa peau encore humide, elle avait enfilé un peignoir bleu pâle, et ses cheveux, soigneusement brossés, flottaient librement sur ses épaules. Elle s'apprêtait à monter dans sa chambre, lorsque Jarvis fit son entrée dans le salon.

A l'expression rageuse de son visage, elle devina aussitôt qu'il savait tout de son escapade. Elle lui fit face avec appréhension, prête à subir la tempête qu'elle lisait dans son regard.

— Ainsi, tu as osé désobéir à mes ordres !

Il ne faisait rien pour masquer sa fureur. Elle releva le menton en signe de défi.

— Ta mère m'a demandée de lui amener Sean.

— Pourquoi ne m'en as-tu rien dit ?
— Je savais que tu m'empêcherais d'aller la voir.
Il s'approcha, l'air menaçant.
— Tu as donc délibérément défié ma volonté.
La jeune femme eut un geste de découragement.
— Ecoute, Jarvis, je suis désolée de...
— Désolée ! Désolée d'avoir été prise sur le fait, c'est tout. Sans ce coup de téléphone d'Olivia, je n'aurais sans doute jamais rien su.
— C'est faux ! J'avais l'intention de te parler, ce soir ou demain matin. Jarvis, il faut que tu me comprennes. Oui j'ai trahi ta confiance. Mais songe à la vie que je mène ici. Chaque jour, tu m'accables un peu plus de ta haine et de ton mépris. Même mon corps ne semble plus exercer aucun attrait sur toi...
— S'il n'y a que cela ! railla-t-il en l'entraînant vers la montée d'escaliers.
— Non, Jarvis, non, je t'en supplie.
Sourd à ses protestations, il l'obligea à monter jusqu'à sa chambre, et se jeta avec elle sur le lit, l'emprisonnant de tout le poids de son corps. Linsey suffoquait, cherchant désespérément son souffle.
— Laisse-moi ! Nous n'avons plus rien à faire ensemble ! Olivia m'a encore dit...
— Tais-toi ! coupa-t-il férocement. Ce n'est pas de paroles que j'ai envie. Mais d'un tout autre langage...
— Oh, non... sanglota-t-elle en essayant vainement de résister à la force virile de son assaillant.
Il lui ferma la bouche d'un baiser cruel. Une fois de plus, la jeune femme dut livrer un impossible combat à la vague de désir qui enflammait sa chair au contact de cet amant avide de plaisir. On eût dit qu'ils luttaient l'un et l'autre contre une passion aveugle qui les rapprochait sans cesse, malgré leur ressentiment, chacun désirant l'autre au-delà de tout contrôle, chacun se méprisant, et

méprisant l'autre, de ne pouvoir résister à l'appel tyrannique de la chair...

Ils s'aimèrent dans une communion totale du corps et de l'esprit. Jamais leur abandon n'avait été aussi absolu, aussi désespéré. Et tandis qu'elle reposait sans forces aux côtés de son mari, Linsey sentit poindre en elle un espoir insensé. Et si, au fond de lui-même, il n'avait jamais cessé de l'aimer ? Si sa cruauté des dernières semaines n'était qu'une réaction d'animal blessé, qu'un aveu de sa faiblesse, de son incapacité à taire son orgueil pour renouer les fils du bonheur qu'ils s'étaient promis l'un à l'autre, le jour de leur mariage ? Son cerveau baignait dans une douce euphorie, ses pensées se diluaient dans un vertige semblable à de l'ivresse. Elle voulut partager la joie qui inondait son cœur, témoigner de sa confiance et de ses espérances nouvelles. Mais au moment où ses bras se tendaient vers son compagnon, elle se sentit brutalement repoussée. Dans le brouillard qui l'aveugla soudain, une silhouette s'agita et une voix parla, froide et lointaine, aussi coupante qu'un morceau de verre. Puis une porte claqua et de nouveau le silence envahit la pièce. Alors de violents sanglots soulevèrent la poitrine de la jeune femme, et, le visage enfoui au creux de son bras, elle pleura toutes les larmes de son corps sur ses illusions perdues et sur le sort injuste qui l'accablait.

Une heure plus tard, elle avait définitivement renoncé à trouver le sommeil. Immobile dans l'obscurité, le regard sec et la tête douloureuse, elle réfléchissait. Combien de temps demeura-t-elle ainsi, silencieuse et tendue ? Elle n'aurait su le dire. Mais, peu à peu, il lui sembla qu'un voile se levait dans son esprit. Et, pour la première fois depuis des années, elle ouvrit les yeux sur elle-même et sur son passé.

Son mariage avec Jarvis n'aurait été qu'une longue suite d'erreurs inqualifiables. Face à cet homme généreux et sincère, elle s'était montrée trop méfiante, trop réservée. Là où il lui offrait un épanouissement total de leur amour, elle n'avait vu qu'un vil attachement aux plaisirs des sens. Là où il pensait tendresse et partage, elle comprenait contraintes et sacrifices. Alors, au fil des jours, leurs relations s'étaient réduites à un conflit d'orgueil, au milieu duquel elle se posait en véritable martyre. Sa grossesse même, au lieu de combler son désir d'être mère, ne lui avait servi qu'à s'apitoyer un peu plus sur son sort.

Aujourd'hui, elle comprenait qu'elle était la seule responsable du désintéressement croissant de Jarvis et de l'échec de leur vie commune. Le véritable sacrifice, c'était elle, et non lui, qui l'avait imposé, en refusant trop souvent à son mari le don spontané et légitime de son corps.

Mais il était trop tard désormais pour réparer les fautes qu'elle avait commises, trop tard pour faire renaître les sentiments qui avaient inspiré leur amour. Existait-il au moins un moyen de redonner à Jarvis le bonheur dont il n'aurait jamais dû être privé ?

Linsey prit une profonde inspiration. Elle devait partir, le quitter pour le laisser libre de bâtir une nouvelle existence. Il souffrirait sans doute au début, comme il avait souffert durant leurs quatre années de séparation. Puis il comprendrait que l'oubli valait mieux que la souffrance et une autre femme viendrait qui l'aiderait à offrir à son fils le foyer qu'ensemble ils n'avaient pas su construire...

Il était près de minuit lorsque Linsey se glissa hors de la demeure endormie. Huit kilomètres séparaient le manoir de la gare. Dans deux heures elle prendrait un train pour Londres. De là, elle téléphonerait à Jarvis. Elle lui avait déjà laissé un mot indiquant qu'elle partait pour toujours et expliquant les raisons de son geste. Ainsi il renoncerait à la poursuivre. Mais elle voulait lui parler une dernière fois, être sûre qu'il comprenait et que peut-être il lui pardonnait...

La jeune femme marchait d'un pas rapide sur le bord de la route, insensible à la brise nocturne qui caressait son visage et à la beauté du ciel qui déployait au-dessus d'elle sa voûte étoilée. Kilomètre après kilomètre, une étrange apathie s'emparait de son cerveau. Elle avançait d'une démarche de somnambule, allant droit devant elle, sans se soucier des obstacles qui la faisaient trébucher ou des branches qui fouettaient ses joues, inaccessible au froid et à la fatigue. Une volonté farouche, instinctive, l'entraînait vers l'objectif qu'elle s'était fixé.

Un moteur résonna dans le lointain, mais elle ne l'entendit pas. Elle poursuivit encore sa course aveugle quand le bruit se rapprocha et quand sa silhouette, prise dans un hâlo blafard, projeta devant elle une ombre aux formes grotesques et démesurées. Une masse sombre la frôla. Il y eut un bruissement d'air, un crissement de pneu strident, et la voiture s'arrêta net au travers du bas-côté, à quelques mètres d'elle. Alors, seulement, elle reprit vaguement conscience de la réalité.

— C'est très gentil à vous de vous être arrêté, mais je...

Les sons se figèrent au fond de sa gorge : le conducteur n'était autre que Jarvis. Il avait bondi vers elle, lui avait agrippé le bras pour l'empêcher de fuir et l'avait poussée à l'intérieur du véhicule, en claquant la portière derrière elle.

— Grand Dieu, Linsey ! Ne me refais plus jamais cela !

Elle eut du mal à reconnaître la voix de son mari dans cette plainte douloureuse. Et que faisait-elle là, blottie contre sa poitrine, le visage enfoui au creux de son épaule ? Dans un souffle elle demanda :

— Comment as-tu appris mon départ ?

— J'ai trouvé ton mot. Je venais dans ta chambre te

dire que je t'aimais et te supplier de me pardonner. J'étais décidé à me débarrasser de cette force malfaisante qui me poussait à te faire du mal, malgré moi, pour me venger de ta fuite et de ton silence. En découvrant que tu étais partie une nouvelle fois, j'ai cru devenir fou.

Les paroles de Jarvis semblaient irréelles à la jeune femme.

— Tu ne peux pas m'aimer, murmura-t-elle d'une voix tremblante. Pas après tout ce que je t'ai fait...

Les phares d'une voiture circulant en sens inverse trouèrent soudain la nuit, et une vive clarté les aveugla. Puis ce fut de nouveau le silence et le voile rassurant des ténèbres. Dans la pénombre, Jarvis glissa lentement la main derrière la nuque de sa compagne et attira son visage jusqu'au sien, avec une douceur infinie. Leurs lèvres s'unirent en un long baiser, dénué de fièvre, mais chargé de tendresse et d'amour.

— Je t'aime Linsey. Comme je t'aimerai toujours.

— Je t'aime aussi, Jarvis, chuchota-t-elle, le cœur inondé de bonheur, goûtant comme une caresse ces mots qu'elle avait depuis longtemps renoncé à entendre de sa bouche.

Un court silence les enveloppa. Ce fut elle qui le rompit la première pour demander timidement :

— Jarvis... quand... depuis quand es-tu sûr de ton amour ?

Il s'écarta comme à regret et son regard se perdit dans les ténèbres.

— Je ne pourrais te répondre sans remonter très loin en arrière, fit-il gravement : Jusqu'au jour de notre première rencontre. Après nous serons libres d'oublier le passé et de rattraper tout le bonheur perdu.

Il passa une main dans ses cheveux drus avant de reprendre :

— En fait, je t'ai aimée dès le premier instant et je me suis aussitôt juré de tout faire pour que tu deviennes ma femme. Ce fut rapidement chose faite. Mais notre mariage marqua aussi le début de mes désillusions. J'étais follement amoureux de toi et je te désirais comme jamais je n'avais désiré une autre femme. Mais chacune de mes attentions se heurtait à d'inexplicables réticences de ta part. J'attendais un geste, un élan, qui jamais ne venait. Et quand il t'arrivait de céder au plaisir, c'était au prix de luttes qui me répugnaient, parfois même de violence. A cette époque, j'ai cru perdre la raison. Parfois, je me surprenais à te détester. A d'autres moments, je songeais à ta jeunesse, à ta faible expérience des hommes et de la vie, et j'essayais de tempérer l'ardeur de mes sentiments en me disant qu'avec le temps les choses s'arrangeraient. Mais chaque jour, tu devenais un peu plus lointaine, un peu plus indifférente. Alors, j'ai dû me résoudre à prendre moi-même mes distances, tout en conservant l'espoir que la maternité t'apporterait les satisfactions que je n'avais pas su t'offrir. Puis ce fut la nouvelle de la perte du bébé. Jamais je n'avais souffert aussi atrocement. Vois-tu, Linsey, j'avais perdu les deux êtres auxquels je tenais le plus en ce monde : ma femme et mon enfant.

Sa voix s'éteignit dans un souffle. Linsey dut rassembler tout son courage pour prendre à son tour la parole.

— Tout est arrivé par ma faute, Jarvis. Je me suis toujours conduite comme une enfant gâtée.

Un ultime combat se joua en elle avant qu'elle ne parvienne enfin à libérer les mots qu'elle avait retenus si longtemps prisonniers au fond de son cœur.

— Le jour où j'ai su que l'enfant était sauvé, je me suis précipitée à ton bureau pour t'annoncer l'heureuse nouvelle. C'est là que je t'ai surpris avec Olivia. Quand j'ai ouvert la porte, tu la tenais dans tes bras et tu l'embrassais. Vous ne m'avez même pas entendue. J'étais comme anéantie, il me semblait que le monde venait de s'effondrer autour de moi. Mais si j'avais été un peu plus courageuse, je me serais battue pour sauver notre couple, au lieu de fuir comme je l'ai fait.

— Tu m'as surpris avec Olivia ? fit le jeune homme avec incrédulité. Seigneur ! Nous aurons donc souffert, nous nous serons donc haïs, déchirés, pour une méprise aussi grossière ! Elle venait de signer un contrat à Hollywood et elle s'apprêtait à quitter l'Angleterre pour plusieurs années. J'en éprouvais un tel soulagement que je n'ai pas eu le cœur de lui refuser le baiser d'adieu qu'elle me demandait. Si seulement tu avais eu un peu plus confiance en moi, j'aurais pu t'expliquer...

— L'aurais-tu fait ?

— Je ne sais pas... Tout le problème vient sans doute de notre orgueil à tous deux. Le jour où je t'ai aperçue sur la plage, à l'île Maurice, mon cœur a bondi de joie. Mais presque aussitôt, une voix intérieure m'a soufflé des mots de haine et de vengeance. Depuis, je n'ai cessé de lutter contre cette emprise tyrannique. Chaque fois qu'un élan d'amour me poussait vers toi, une force mystérieuse m'arrêtait, et une froideur glaciale retombait sur mon cœur. J'entendais des paroles qui m'horrifiaient, et pourtant c'était ma voix qui les prononçait, mes lèvres qui les lançaient. Jusqu'à cette nuit, où quelque chose a explosé en moi, laissant un vide immense dans mon âme... Je me suis senti comme mort, jusqu'à l'instant où j'ai entrevu ta silhouette sur le bord de la route et où j'ai pu te prendre dans mes bras...

— J'étais persuadée que tu ne voulais plus de moi, que tu ne me gardais qu'à cause de Sean. Quand j'ai vu Olivia...

— Vous vous êtes rencontrées ?

— Oui, cet après-midi, devant l'immeuble de ta mère. Elle m'a dit que vous aviez déjeuné ensemble et qu'elle venait rendre visite à sa future belle-mère...

— Ecoute, ma chérie : je te jure que je n'ai pas revu

cette femme depuis notre retour à Londres. Aujourd'hui, j'ai dû me rendre en Cornouailles pour une importante réunion d'affaire. Et ce soir, j'ai dîné avec l'un de mes associés. Olivia est une excellente comédienne, mais je la vois mal siéger dans un conseil d'administration ou tenir le rôle d'un austère vieillard ! Donc elle t'a menti...

Soudain, le visage de Linsey s'illumina et elle songea qu'elle se moquait bien d'Olivia James et de ses mensonges. Elle aimait Jarvis et ils étaient ensemble. Plus rien n'avait d'importance à ses yeux. Seul comptait l'amour éperdu qu'ils éprouvaient l'un pour l'autre et le fils qu'ils allaient chérir, toute leur vie durant...

— Pardonne-moi d'avoir mis ta parole en doute, murmura-t-elle dans un sourire.

— Et toi, me pardonneras-tu ma cruauté de ces dernières semaines ?

— Oublions tout cela, mon amour !

Elle serrait son époux de toute la force de son corps fragile. Il répondit à son étreinte par mille caresses, et par mille mots d'amour chuchotés à son oreille. Linsey, au comble du bonheur, ne cessait de répéter son nom, tout en le couvrant de baisers passionnés.

Après quelques instants, Jarvis s'éloigna doucement de sa compagne, s'efforçant d'échapper au piège irrésistible de sa bouche.

— Je t'aime, dit-il gravement.

Puis, dans un sourire radieux :

— Mais je crois que nous pouvons trouver un endroit plus confortable pour fêter nos retrouvailles... Et si nous rentrions à la maison, ma chère et tendre épouse ?

— Oui, murmura-t-elle, tu as raison.

Mais avant qu'il ne mette le contact, elle l'embrassait une nouvelle fois, avec toute la tendresse et la douceur dont elle était capable.

Sur le chemin du retour, elle se blottit tout contre lui. « C'est merveilleux de rentrer à Worton, songeait-elle, rêveuse. Mais qu'importe notre destination puisque nous sommes tous deux réunis... »

Les Prénoms Harlequin

LINSEY

Celle qui porte ce prénom a la brillance d'une étoile. Sa beauté éblouissante et sa grâce prodigieuse lui valent dans la foule de nombreux regards mi-étonnés, mi-envieux. Indifférente à l'admiration qu'elle suscite, elle n'use jamais de ses atouts naturels et ne cherche pas à se mettre en valeur. Pourtant, dans un groupe, elle polarise toujours l'attention et chacun n'a de cesse de lier connaissance avec elle.

Ainsi Linsey Parradine, peu consciente du magnétisme qui émane d'elle, reste-t-elle d'une simplicité surprenante.

Les Prénoms Harlequin

JARVIS

"*Percutant comme une lance*" : telle était, à l'origine, la signification de ce prénom emprunté au vieil allemand. Elle confère à celui qui se prénomme ainsi une acuité d'esprit et une vivacité qui se manifeste à tout moment et l'immunisent pour ainsi dire contre d'éventuelles agressions. Nanti de telles armes, il attend l'ennemi de pied ferme.

Pour percer à jour la sensibilité bien enfouie de Jarvis Parradine, il faut passer outre ses répliques cinglantes et son attitude distante.

LISEZ VITE

Harlequin Nouvel Espoir

Les tout nouveaux romans d'amour pour les femmes d'aujourd'hui.

NES-GEN

Beaucoup de femmes trouvent le vrai bonheur avec le deuxième amour.

Un amour malheureux, ça peut arriver à tout le monde, mais…une rencontre inattendue, et tout peut recommencer. Il y a toujours l'espoir d'un nouvel amour!

HARLEQUIN NOUVEL ESPOIR, c'est des héros et des héroïnes plus proches de vous, qui vivent des aventures plus réalistes, plus sensuelles.

HARLEQUIN NOUVEL ESPOIR, c'est 4 nouveaux romans par mois…Ne les manquez pas!

Harlequin Romantique

...la grande aventure de l'amour!

Ne manquez plus un seul de vos romans préférés: abonnez-vous et recevez en CADEAU quatre romans gratuits!

- *Les neiges de Montdragon* — Essie Summers
- *Entre dans mon royaume* — Elizabeth Hunter
- *Un inconnu couleur de rêve* — Anne Weale
- *Naufrage à Janaleza* — Violet Winspear

Éternelle jeunesse du roman d'amour!

On a l'âge de son esprit, dit-on. Avez-vous jamais songé à vérifier ce dicton?

Des romancières célèbres telles que Violet Winspear, Anne Weale, Essie Summers, Elizabeth Hunter... s'inspirant du vrai roman d'amour traditionnel, mettent en scène pour votre plus grand plaisir héros et héroïnes attachants, dans des cadres romantiques qui vous transporteront dans un monde nouveau, hors de la grisaille du quotidien. En partageant leurs aventures passionnantes, vous oublierez soucis et chagrins, vous revivrez les émotions, les joies...la splendeur...de l'amour vrai.

Six romans par mois...chez vous...sans frais supplémentaires...et les quatre premiers sont gratuits!

Vous pouvez maintenant recevoir, sans sortir de chez vous, les six nouveaux titres HARLEQUIN ROMANTIQUE que nous publions chaque mois.

Et n'oubliez pas que les 6 vous sont proposés au bas prix de $1.75 chacun, sans aucun frais de port ou de manutention. Pour vous assurer de ne pas manquer un seul de vos romans préférés, remplissez et postez dès aujourd'hui le coupon-réponse suivant:

Bon d'abonnement

Envoyez à:

HARLEQUIN ROMANTIQUE, Stratford (Ontario) N5A 6W2

OUI, veuillez m'abonner dès maintenant à HARLEQUIN ROMANTIQUE et faites-moi parvenir les 4 premiers livres gratuits. Par la suite, chaque volume me sera proposé au bas prix de $1.75, (soit un total de $10.50 par mois), sans frais de port ou de manutention.

Il est entendu que je pourrai annuler mon abonnement à tout moment, pour quelque raison que ce soit et garder les 4 livres-cadeaux sans aucune obligation. Nos prix peuvent être modifiés sans préavis.

NOM	(EN MAJUSCULES S.V.P.)	
ADRESSE		APP.
VILLE	PROVINCE	CODE POSTAL

376-BPQ-4AB5

Offre valable jusqu'au 31 juillet 1984.

Collection Harlequin

Recevez chez vous 6 nouveaux livres chaque mois—et les 4 premiers sont gratuits!

En vous abonnant à la Collection Harlequin, vous êtes assurée de ne manquer aucun nouveau titre! Les 4 premiers sont gratuits—et nous vous enverrons, chaque mois suivant, six nouveaux romans d'amour.
Mais vous ne vous engagez à rien: vous pouvez annuler votre abonnement à tout moment, quel que soit le nombre de volumes que vous aurez achetés. Et, même si vous n'en achetez pas un seul, vous pourrez conserver vos 4 livres gratuits!

Bon d'abonnement

à envoyer à: COLLECTION HARLEQUIN, Stratford (Ontario) N5A 6W2

OUI, veuillez m'envoyer *gratuitement* mes quatre romans de la COLLECTION HARLEQUIN. Veuillez aussi prendre note de mon abonnement aux 6 nouveaux romans de la COLLECTION HARLEQUIN que vous publierez chaque mois. Je recevrai tous les mois 6 nouveaux romans d'amour, au bas prix de $1.75 chacun (soit $10.50 par mois), sans frais de port ou de manutention.
Je pourrai annuler mon abonnement à tout moment, quel que soit le nombre de livres que j'aurai achetés. Quoi qu'il arrive, je pourrai garder mes 4 premiers romans de la COLLECTION HARLEQUIN tout à fait GRATUITEMENT, sans aucune obligation.
Cette offre n'est pas valable pour les personnes déjà abonnées.

Nos prix peuvent être modifiés sans préavis. Offre valable jusqu'au 31 juillet 1984.

Nom _____ (en MAJUSCULES, s.v.p.) _____

Adresse _____ App. _____

Ville _____ Prov. _____ Code postal _____